KB198373

도시 별장을 꿈꾸다

장월희 시집

도시 별장을 꿈꾸다

문학산책사

처음 보는 설원버섯을 사왔다.
구워 먹고 남은 하나를 치우려는데
워낙 큰 탓에
가로 통, 세로 통에 담아 봐도 맞지 않는다.
결국 제 모양대로 자리 잡을
비닐봉지에 담아 냉장고에 들여보냈다.
버섯 하나 담는 것도 쉽지 않다.
세상 쉬운 일 하나 없는데
덜컥 겁 없이 시작을 하고
덜컥 겁 없이 시집을 묶는다.

2024 가을 깊어가는 날에

강월희

도·시·별·장·을·꿈·꾸·다 장월희 시집

■ 차례

시인의 말

1부 가을이 봄날이다

아파트를 좋아합니다   12

밤을 이 밤에   14

쑥떡쑥떡   16

행복 바이러스   18

참새와 허수아비   20

아카시아꽃 피다   21

우산   23

가을 동창회   25

3학년 1반   27

단풍   29

가을이 봄날이다   31

자귀꽃   32

거울   33

2부 그래서, 없다

못난   36

죄목罪目   37

그래서, 없다   39

겨울 연못   41

봄산   43

라면을 먹다가   44

돌담 위에 박카스 빈 병 서 있다   46

소주병   47

산본역 앞에서   48

못자리꽃   50

곰국   52

주전자   53

부캐   55

3부 왜 거기서 나와

꽁치와 고등어   58

king ↑   60

꽁짜   62

바다의 노래   65

니가 왜 거기서 나와   67

지게와 똥장군   69

도시의 강   71

쉬-잇   73

목돈 만들기 프로젝트   75

우수   77

갈대   79

화이트 크리스마스 2023   81

4부 도시 별장

도시 별장   84

마스크   86

냉이를 캐면   88

꿈   90

경춘선 이야기   92

네비게이션   94

잠 못 드는 밤   96

생일선물   98

토마토   100

화서시장   102

떡볶이   104

목련   106

열쇠   108

아랫녘, 그 여인   110

5부 남편학개론

이게 모예요   114

잊혀진 그리움   115

입동 풍경   117

천리안부동산   119

영도다리   122

홍어   124

숙지산   126

쌍수   128

이마로 눈뜨지 마   130

착시   132

남편학개론   134

범인을 잡다   135

쿠션   137

해설 없는 것에 대한 그리움 · 배준석   139

1부

가을이 봄날이다

아파트를 좋아합니다

사람들은 물건을
착 착 착
보기 좋게 찾기 좋게
누가 봐도
창피하지 않게
정리된 것을 좋아합니다

사람들은 수납장을 만든다는
소문만 듣고도 밤잠 설치고
떼지어 우르르 줄을 서고
우수한 성적표를 만들고
은행문 두드리고
웃돈을 얹어 주고라도
정리해 주고 싶어합니다

사람들은 다 만들어졌다는
소문만 듣고도
제자리 찾아 들어가
착 착 착
자동으로 정리됩니다

엄마가 손대지 않아도
매일매일 자동으로
제자리 찾아 들어가는
자동정리수납장

밤을 이 밤에

어떻게 지내셔요
밤 삶아서 먹고 있어요
이 밤에 딸이랑, 하고 답이 왔다
참 행복한 밤이네요
친구와 카톡

시집간 딸 몇 년 지나 아들을 낳았다
하루하루가 행복의 끈으로 이어졌다
높이 날던 기러기도 칭찬하며 지나가고
백일 지나고 휴가를 받아
예쁜 아기 안고 친정 나들이 온 딸
처음 맛보는 달콤하고 부드러운 밤 같은 밤
금은보화보다 더 알찬
행복이 가시를 피한 알밤처럼 열려 있는 집
꿀 떨어지는 마음 밤송이처럼 활짝 열어
시간 가는 줄 모르고

엄마는 지난가을에 따서
땅속에 묻어둔 잘 익은 밤을 골라
아들 낳은 딸 친정 나들이에

밤 깊어가는 줄도 모르고 밤을 삶아
행복한 밤에 밤을 까먹으며 오순도순

구름 위를 날고 있는 엄마와 딸
옆에 누워 지켜보는 알밤 같은 아기도
잠잘 시간 슬쩍 넘겨 버리고
싱글벙글 벙글싱글
아 야 어 여 사설 늘어놓으며
행복한 밤 달콤한 밤
팔다리 따로따로 버둥버둥 느려도
밤을 깐다 밤을 물리치며
행복한 밤을 지킨다

쑥떡쑥떡

쑥들이 쑥떡쑥떡
아침부터 쑥떡을 찝니다
옆 동네 개망초도
기지개 켜고 소곤소곤

앞집 아이 늦잠 자다
밥도 못 먹고 학교로 달려가고
뒷집 남편 입맛 없어
맨입으로 후줄근 출근하고
건넛집 아줌마 부지런히
쑥 뜯어 떡을 해서
아침마다 든든히 식구
뱃속 채워 보낸다고
자랑입니다

쑥들은 기 살아 쑥떡쑥떡
어깨가 으쓱으쓱 한 뼘 더 자랍니다
옆 동네 개망초도 소곤소곤
이웃 할머니 말이
망초나물 한번 먹어보면

시금치나물은 싱거워서
못 먹는다고 그랬대요
개망초도 덩달아 기가 살아
여기저기 두리두리 망을 보며
으쓱으쓱 쭈―욱 쭈―욱

행복 바이러스

해도 달도 같은 하늘을 이고 지고
한 걸음씩 물러나 서로
팽팽한 신경줄 당기는 오후

신도시 산책로 싱싱한 길
삐뚤빼뚤 파릇파릇 아기 발걸음
통통 튀는 탱탱볼 같은 아기 엉덩이
아기 걸음마를 짝사랑해
빈 유모차 몰고 가는 아빠
아기 발에서 눈 못 떼고
조그만 발에 맞추느라
허위허위 뒷짐 지고
쫓아가는 엄마의 신발

송이야~ 개미야 개미
개미 있어 빨리 와봐
여기 큰개미도 있네
노다지를 만나면
이보다 더 기쁠까
여기도 있네

철없는 아빠 즐거운 비명
행복 바이러스
해도 달도 꼼짝 못하고
함박웃음만 짓고 있는 하늘
구름도 포근히 아기네 가족을 감싸 안고
덩달아 지나가는 버스도
강아지 가로수 실개천도
불쾌지수 제로 행복지수 만점이랍니다

참새와 허수아비

도란도란 이야기 소리 들린다
푸른 제복 나무들이 빙 둘러 보초 서는
신도시 마을 어귀 동그란 놀이터
두 팔 벌려 서있는 할머니 할아버지
누덕누덕 기운 적삼 구멍 난 모자
드높은 아파트 베란다 올려다보며
오늘은 우리 아가 기저귀 펄럭이네
해님 고운 오늘은 이불도 말려야지
아이구 저 앙증맞은 양말 좀 보게나
아장아장 오늘은 놀이터 나오려나
냠냠 짭짭 밥 잘 먹고 포동포동
씩씩 쌕쌕 쿨쿨 잠도 잘 자고
할아버지 할머니 서로 바라보며
허허허 소탈한 웃음 멈추지 않고
품에 안긴 참새들은 조잘조잘
찍찍 짹짹 이야기꽃 피운다
올라갔다 내려갔다 시소 본분
잊어버리고 아이들 재잘거림에
그저 보듬어 안고 행복하다

아카시아꽃 피다

천연의 요새 석성산 봉우리
잎 넓은 떡갈나무 만국기처럼
펄럭이는 오월
나무 그늘 밑에
-션한 아이스바
 막걸리 캔맥주 있습니다
상호 내걸고
사방으로 주파수 맞추느라 바쁜
사내의 빛나는 눈빛
달콤한 꿀 향기에 오글오글
몰려오는 사람들 발길
하루 종일 오르락
내리락 분주할수록
사내 얼굴은
오월 아카시아꽃처럼 흰히 피이났다

잠시 바위에 엉덩이 붙이다 말다
나무 옆을 스치는 발길에도
-션한 거 뭐 드릴까요
높은 빌딩 출입구

닫히려다 인기척에
다시 열리는 자동문처럼
사내의 가벼운 엉덩이에
아카시아꽃처럼 아이의 해맑은 웃음
아내의 함박꽃 같은 웃음이
번갈아 나타났다 사라지는
푸른 오월의 사내는
찬바람 부는 겨울을 잊은 듯했다

우산

비 그치자
기다렸다는 듯 하늘이 활짝 웃고 있다

그의 지하 동굴은 음침하다
푸른 이끼가 축축하게 자라고
그 옆
화면엔 흐릿한 텔레비젼이
꾸벅꾸벅 졸고 있고
그는 이미 꿈속이다
지하 동굴의 침입자
고개 꺾인 선풍기는
노획물 사냥에 바쁘다
그의 사정권 안에 들어오는 건
침입자의 출현에 놀라
사시나무처럼 떨고 있는
구멍 난 양말 뿐

꿈속에서도
그의 감각기관은 깨어있다
촉각 후각 청각 시각 미각까지

자신이 하늘이 되어야 할
순간을 놓칠 수 없기 때문이다
비는 그의 생명

여러분 내게로 오십시오
나는 당신들의 하늘입니다
지구의 종말이 오고 있습니다
온몸으로 열변을 토한다

비 그치고
하늘은 또 당연하다는 듯 활짝 웃고 있다

가을 동창회

초등학교 운동장 한구석 조잘조잘
철없이 다 큰 아이들 몰려든다
운동복 차림으로 축구공 끌어안고
바우야 개똥아 아명도
땡초야 못난아 별명도
과장 부장 소장 사장 엄마…
걸친 것 모두 벗어던진 아이들
목소리 낭랑하고
웃음소리 호호호 깔깔깔
은행나무 느티나무
놀라서 우수수 떨구는 잎
휴일 아침 늦잠 자다 받아 안는
그리고 날려 보내는
선잠 깬 운동장 두 눈 동그레진다

공 하나에 이리 몰리고 저리 몰리는
마음은 이팔청춘이길 바라지만
바람에 날리는 희끗한 머리카락
뒤뚱뒤뚱 엉덩이 휘청휘청 두 다리
성질 급한 신발이 먼저

따라잡겠다는 오기로 뻥 날아가 봐도
동그란 공 가는 곳은
영 종잡을 수 없고
속 시원하게 풀어주는
캔맥주 힘이라도 빌려 쓰고 싶지만
얼굴만 발그레 익어갈 뿐
마음 따로 몸 따로
용용 죽겠지
약 올리는 축구공에 장단 맞춰
운동장 가득 웃음소리만 뛰어 다니는
가을 동창회

3학년 1반

티끌 하나 찾을 수 없는 날
먼 산이 찾아 와 친구하자
귓속말로 속삭인다

울타리 장미
저요 저요 내가 먼저
밖으로 나가겠다고
아우성치는 소리에
주머니 속 휴대폰 들이대고
예쁘게 김~~~치
다시 한번 치~~~즈
한번만 한번만 포즈 부탁해도
눈길 주지 않고
울타리 밖으로만 고개 내밀고
조잘 조잘 호 호 호
재잘 재잘 깔 깔 깔
팔랑팔랑 호랑나비 날아와
예쁘다 뽀뽀 세례
하하 호호 웃음보 터진다

바람결에 손사래 치는
나뭇가지만 봐도
까르르 숨넘어가는
영숙 경숙 숙자 경자
작은 영희 큰 영희
울타리 밖으로 나갈 시간
손꼽아 기다리고
애타는 카메라만
뾰로통 외톨이가 되는
울타리 장미 꼭 닮은
3학년 1반 여고 졸업반이다

단풍

공원길을 걷는다
온 동네가 김장잔치다
오늘은 앞집 옆집 작은집
배추 뽑아 쌓아두고 쩍쩍 쪼개 사이사이
간수 뺀 소금 사륵사륵 뿌려 잠재우고 그 위에
이불 덮어주듯 왕소금 하얗게 뿌려주면
노곤한 몸 깊은 잠에 빠져든다
새벽잠 깨워 씻고 젖은 몸 말리고
단풍잎 같은 붉은 고춧가루 넉넉히 넣어
매콤 칼칼 온 동네 단풍잔치 한창이다
노란 속 절임 배추 느티나무가 담당이고
싱싱한 근육질 소나무 무거운 일 맡아 하고
찬바람 불어 생기 찾은 토끼풀
하얀 꽃피워 잘한다잘한다 응원해주고
공원 여기저기 넓은 자리 차지한 간다
김장매트 펼쳐 양념 수북이 담아주면
참하고 솜씨 좋은 이웃사촌 쥐똥나무
붉은 속 척척 넣어 항아리 먼저 채우고
김치통 하나둘 채워가는 가을잔치
엄마는 그 속에서 수육 삶아내고

김장속배기 넣은 동태찌개 보글보글 끓여
식구들 밥상 차리며 눈코 뜰 새 없이
맛깔스런 하루를 담았다

가을이 봄날이다

미세먼지 짙게 산책길 막아서서 계단만 오르
내리는데 햇빛 쨍한 뒷동산 자락에 아들 손자
며느리 거느린 가족 산소에 아기자기 웃음소리
봄꽃보다 환하고 겨울잠에서 깨어난 진달래도
구경 나와 수줍게 웃고 있다

TV에서는 산자락에 막 솟아오르는 쑥을 뜯는
90된 할머니에게 봄날이 언제였냐고 묻는데 "나
는 지금이 봄날이다" 거침없는 대답 개나리꽃처
럼 해맑고 쑥버무리를 쪄서 아들 같은 이웃에
밀어 준다 같이 드시자 청해도 이가 없어 먹지
도 못한다며 먹지 않아도 배부른 엄마의 흐뭇한
웃음으로 구경만 하는 할머니 봄날은 지금이다

자귀꽃

동글동글 아기 머리 위로
하늘 향해 날아갈 듯
환한 무지개꽃 피었습니다
포동포동 볼그레한 양 볼
보송보송 솜털
방글방글 웃는 얼굴
아장아장 아기 발걸음
밤하늘 불꽃놀이처럼 팡팡팡
그 집엔 웃음꽃 피어납니다
도란도란 자글자글
아이들 고운 소리
골목길에도
담 너머 이웃까지 넘나듭니다

거울

창밖을 바라보고 있는 거울에
산이 들어와 평화로운 낮잠을 잔다
창밖 푸른빛 짙은 산속에는
아이들 소풍 나와
선생님 개미가 있어요
개미 많이 잡아 관찰통에 넣으세요
고사리손 땅속 뒤져 개미를 잡고
선생님은 개미는 날개가 있을까요
다리가 몇 개일까요
아이들 다 같이 개미에 빠져
시간 가는 줄 모르다가
개미들 먼저 집으로 돌려보내고
손 툭툭 털고 일어나고
또 다른 친구들 누워있는 통나무 위를
올라갔다 내려오며 키를 기우고
옆 동네 선생님 우리 친구들
숲속에 한 번 누워볼까요
솔잎 이불 위에서 뒹굴뒹굴 까르르
하늘이 잘 보이나요
아이들 네~ 대답하고 떠난 뒤

조용한 틈을 타고
산은 또 깊은 잠에 빠져 든다

2부

그래서, 없다

못난

나는 못이었다
아버지 등을 통과해
어머니 가슴에 박힌
배앓이가 핑계였고
밥맛 없음이 핑계였고
같이 놀 친구가 없다는 핑계로
어머니 아버지 등의 따스한 기운을
늦도록 충전 받아야 했던
낡은 가슴까지 옭아매어 둔
나는 여섯 번째 대못이었다

죄목罪目

끝까지 간 가을
아파트 벽에 기댄 채
고운 자태 지키려 애쓴
단풍할머니
마르고 갈라진 손등 감추려
색동옷 곱게 차려입었다

무더운 여름 선풍기 바람에 안겨
반쯤 감은 눈으로 경비실 지킨 경비대장 할아
버지
지난 며칠 동안 낙엽 쓸어버리느라
동분서주 엉덩이 붙일 시간도 없었다
어떻게 구했는지
가지 끝 매달린 까치밥마저 가로챌 긴 장대가
할머니 눈 코 입 귀 가리지 않고 마구 두들긴다

112… 여보세요
여기 경비대장 할아버지가
단풍할머니를 마구 패고 있어요
여기는 겨울 길목면 화단동 단풍번지입니다

허허허
그건 집안일이니 좋게좋게 해결하세요
뚝…

단풍할머니 봄 여름 지나며 공들인
보람도 한순간에 떨어졌다

경비대장 할아버지 앞에 무릎 꿇은
단풍할머니 죄목
예쁘게 화장하고 곱게 차려입고
추위에 떨며 사람들 시선 붙잡고
유혹한 죄 아닌 죄

그래서, 없다

운동장에 모여라 선생님 호령도
왁자지껄 아이들 고함도
뛰놀던 운동장도 여자아이들 재재거림도
우물가에 내려앉은 두레박도
없다

친구와 엉덩방아 찧으며 타던 시소도
단숨에 뛰어올라 타고 내려오는 미끄럼도
하늘 나는 새가 되어보고 싶었던 그네도
산 나무 친구를 거꾸로 보던 철봉도
없다

화장실 벽에 찍힌 귀신 손바닥도
바닥에 떨어진 귀신 코피도
겨울이면 들려오던 귀신 휘파람 소리도
아이들 놀란 동그란 눈도
없다

마을 앞 공터에 파놓은 구슬치기 구멍도
주머니 속 반짝이던 구슬도

치맛자락에 감싸 다니던 공깃돌도
동그랗게 감아 요요놀이
공놀이하던 검정 고무줄도
없다

유리창 너머 침 꼴깍 삼키던 눈깔사탕도
큰 풍선에 눈 먼저 맞추고 뽑던 뽑기도
침 발라 눌러쓰던 몽당연필도
연필 깎느라 여러 번 피를 본 칼도
없다

그래서, 아이들이 없다

겨울 연못

연못은 추위를 이기지 못해
투명한 살갗을 만들기 시작했다
한 번에 막아내기에는 힘이 모자라
직선으로 잘라가며 구획정리를 했다
연못 전체를 덮고 차츰
허연 각질이 일어나도록
두껍게 두껍게 보호막을 만들었다

사람들은 심하게 변했다며
손가락질을 해댔다
온몸이 울리도록 발로 밟고
돌을 던지고 모래를 흩뿌렸다
연못은 온몸으로 받아냈다

엄마 손잡고 구경나온 아이는
변해버린 모습이 신기한 듯 놀다가
가슴에다 고장 난 자전거를 버려두고
따뜻한 집으로 돌아갔고
연못은 차가운 가슴으로 포근히 안아 주었다
자전거는 미안해서 떠나겠노라고 울먹였지만

그럴 순 없다고 따뜻한 마음으로
차가운 등을 토닥토닥 감싸 주었다

겨울 햇살 몇 개가
숨바꼭질하듯 짧은 꼬리 감추자
산새들을 품어주고 내려온 어둠이
넓은 품으로 포근히 안아 주지만
아픔까지 잠재우진 못하고
깊은 땅속 애기에 귀 기울이며
꽃피는 봄날을 노래한다

봄 산

쯧쯧 철없는 것들
그 여린 몸으로 울룩불룩
알통 자랑이라니
그 보드라운 얼굴에
빨강 노랑 찐한 화장이라니

쯧쯧 철없는 것들
고압선 철탑이 별과 같이 있다고
가까이하려 안달이라니
우뚝 솟은 바위를
초록 옷 입지 않았다고 멀리하다니

쯧쯧 철없는 것들
터널 뚫린 앞산을 보고
말 많아서 시끄럽다고 손가락질하려다
터널 빠져나온 군용트럭 얼룩무늬 군복에
기죽어 조용해진 봄 산

라면을 먹다가

라면을 먹는다 꼬들꼬들
꼬불꼬불 탱탱한 웨이브가 살아 있는
TV 화면에선 양손 묶인
연쇄 살인 범죄자
모자와 마스크 쓰고
화면 가득 채우고 이어지는
범죄자 얼굴을 공개해야 한다
안 해야 한다 팽팽한 신경줄 잡아당기고
나는 한 올의 구불대는 면발을 물고
해야 한다 안 해야 한다
어느 끝을 잡을까
찰나의 고민이 팽팽하다

범죄자에게도 인권은 있다 없다
범죄자의 인권은 지켜줄 필요가 있다 없다
화면은 이내 넘어가고
라면발도 탄력을 잃어가고
사람들의 신경줄도 느슨해져
결론을 내리지 못한
숱한 사건들만 쌓이고 또 쌓여

먹다 남겨 불어 터진 라면처럼
무거운 하루가 속 터져 간다

돌담 위에 박카스 빈 병 서 있다

아파트 사잇길
돌담 위에
박카스 빈 병 서 있다
길 잃은 아이처럼

동그랗게 뜬 눈으로
지나가는 사람들 붙잡을 듯
저를 좀 데려가 주세요
친구들을 찾아주세요
애원해 보지만
모두 그 손 눈길로 뿌리친다

바람결에 떨고
자동차 경적에 놀라고
지나가는 취객 주정에 가슴 졸이며
희미한 가로등 불빛에 의지한 채
밤 꼬박 새우고 있다

다음 날 아침
싸늘히 발견되었다
돌담 아래 어둠에 처박힌 채

소주병

철지난 후정해수욕장
가을비 백사장을 적시고
해를 삼켜버린 구름은
바다에 발목 잡혀 서성거린다

철이 없는 낚시객은
우산 접어두고
물에 빠지기 싫어하는 아기염소처럼
엉덩이 빼고 바다를 낚는다
인적 끊긴 화장실
덩치 큰 쥐며느리들
엄한 시어머니 피해
허연 배 드러내고 널브러져 있고

청소부 눈길 피한 푸르른 청춘
열린 입으로 휘파람 소리라도 날까
두려운 마음에
거친 모래로 입 틀어막고
눈과 귀는 점점 밝아지고
다가올 겨울을 아는지
카-아---카---
철없는 이탈이 들리는 듯하다

산본역 앞에서

굳게 닫혀있던 자동문 열리면
누가 먼저랄 것도 없이 밀려 나와
급한 발걸음 종종걸음치고
어린 시절 여행에서 돌아와
엄마 품을 찾는 아이처럼
역을 빠져나와 육교 건너면
그 중심에 한아름 전단지 들고
지나가는 행인에게
맛집을 보시하는 그녀가 있다
모자 무게만큼 눌러쓰고
무더위에 지친 날엔 냉면집
고향이 그리울 땐 보리밥집
속이 허하다 싶을 땐 갈빗집
바다가 보고플 땐 해물탕집
비 내리는 차가운 날은 칼국수 집을
기분 따라 알아서 척척 상 차려주는

그녀는 애초 엄마였을까
아니 전생에도 엄마였을까
배고픈 시간이면 투정하는 이 있어도

지나는 사람 거두고
챙겨 먹이려는 그녀 마음은
따끈따끈한 큰 손 먼저 내민다

못자리꽃
—조팝나무꽃

–못자리철이다 못자리철이다
못자리를 빨리해야 풍년이 들지

고층 아파트 기슭에서
어서어서 서두르라고 재촉합니다
돌아보면 못자리꽃
웃음 톡톡 터뜨리며
자글자글 손 흔들어줍니다

고상한 하얀 겨울 새침데기처럼 놀다
몸만 빠져나간 자리
늦잠 자다 화들짝 놀라 일어난 아이
허둥지둥 책가방 메고 달려 나가듯
급히 스위치 눌러 전환하고
가볍게 살랑대는 봄바람에도
까르르 배꼽 잡고 숨넘어가게 웃는
한 길 논둑 가에 하늘하늘
못자리꽃 피면

품 넓은 몸빼바지 가볍게 털고 일어나

괭이 삽 쟁기 써래 모두
엉덩이 두드려 잠 깨우면
엄마소 저 먼저 일어나 음무음무 재촉하고
논으로 밭으로 발걸음 서두르는
깡마르고 성미 급한 엄마
못자리꽃 속에서 어서어서
엉덩이 토닥토닥 토닥여주고
서두르자 서둘러 등 떠밉니다

곰국

눈물이 되지 못한 하얀 수증기
구름을 꿈꾸며 하늘 향해
2열 종대로 떠나고
불가마에 뼛속 노폐물
하나도 남김없이
빼내고 오라는 주인의 명령
이 악물고 참아
하루 이틀 사흘 뼛속 진액까지
다 우려내고 나서야
불구덩이에서 해방 되었다

맑은 물에 진액 우려낸 뽀얀 진국
시원한 냉 찜질방 들어가 땀 식히고
번들대는 지방 덩어리 다이어트로 몰아내고
연지곤지 분 바르고 준비된 무대 위
마지막 등장하는 오늘의 주인공
우유 빛깔 담백 미인
희번덕거리는 눈길들

주전자

그는 학교 운동장 담벼락 아래 쭈구리고 있다
아이들 떠나고 조용해진 후 기지개 켠다
마당 가로지르는 아이들은 가라
남정네들은 모두 불러 앉히고
환갑 훌쩍 넘긴 주모는
막걸리를 체로 걸러내며 맛보는 술에 취해
알 수 없는 세상의 언어로 주절거리고
세월의 때를 먹은 마룻바닥도
술에 취해 비틀비틀 검게 빛나고
마당 지키는 감나무는 바라만 봐도
술에 취해 휘청기니고

일찍 본처 잃은 망건 쓴 기둥서방 할아버지
인기척에 목침 털고 일어나
턱 높은 문지방을 넘는다

삐걱대는 정지문 열고 들어가
술 한 주전자 김치 한 접시
술대접 두세 개 올린
색 바랜 양은 두리상

뻗쳐 들고나오고
주거니 받거니
울컥울컥 쏟아지는 탁한 탁주만큼
혼탁한 세상 시름도 많아지는 주막집
주막집 손님

빛바랜 누런 초가지붕에
굴뚝 하나 옆에 차고
세상일 궁금한 아이처럼
술에 취해 기웃기웃
기우뚱한 주막집 풍경

부캐

어린이집을 오래 운영하다
일손을 놓았다는 그녀
얼굴 마주친 적 없는
남편 친구 부부가 놀러 왔다
내가 먹고 노는 직업인 걸 알고 있었는지
친구가 많으냐며 내게 돌직구를 던진다
나는 친구가 가뭄에 콩 나듯 한다 말하고
혼자서도 잘 논다고 덧붙인다
그녀는 어깨가 탈이나 일을 접었다며
아직 청소기도 들지 못한다는 어깨로
쉬는 게 더 힘들어 하던 일을 해야겠다며
마음 다잡고 있는 모양이다
그녀의 이웃 친구는 놀아본 사람이 잘 놀지
안 놀아본 사람은 노는 게 더 힘든 일이라 했
단다
그녀는 신기한 듯 나를 바라보고
나도 그녀를 신기하게 바라본다
정답 없는 문제를 놓지 못하고
막대기에 꼬치를 꿰듯 꿰고 또 꿰다
그녀가 어린이집을 한다고

망설임 없이 말하는 것처럼 나도
본캐 : 주부
부캐 : 글쟁이
라고 당당하게 말하고 싶은데 아니
본캐 : 글쟁이
부캐 : 주부
하지만 아무 말도 못 하고 속다짐만 한다
꿈은 이루어진다

3부

왜 거기서 나와

꽁치와 고등어

어린 마음이
고등어가 꽁치 엄마라고 믿었다
생긴 것도 색깔도 똑같아 보여
꽁치는 덜 자라서 작은 것이라고
누구에게 묻지도 않을 만큼 확신했다
어린 확신은 살얼음처럼 쉽게 깨졌다
고등어는 신성한 제사상에 당당히 올라갈 수 있고
꽁치는 치자가 들어가 제사상에 얼씬도 못한다고
앞치마 입은 엄마는 힘주어 말했다
그때 꽁치가 여자와 닮은 물고기라는 생각이
들었다
제사 때 아버지 따라 큰집에 가면
큰엄마 큰 새언니 부엌에서
꽁지 빠지게 뱅뱅 돌며 물살 가르고
제사방에 얼씬도 못하고, 어린 나도
궁금증에 미닫이 너머 머리 디밀고
삐죽삐죽 엿보다 안방에서 깜빡 꿈에 들고
머리 큰 조카놈들 이방저방 마음대로, 제사도 보고
조상님 모셔와 식사 시간 끝나면
다음은 어른들 음복상 차리느라

다시 바빠지는 부엌과 큰엄마
큰 새언니 작은 새언니 아랫집 아짐
날렵한 엄마 꽁치들 부엌에서
이리저리 비린내 풍기며 파도 휘젓고 있었다

king↑

넓은 골목길에 사람들이 바삐 지나 간다
운동하느라 바쁜 내 눈길도 빠르게 따라 간다
길가 없는 듯 작은 공원에는
우람한 소나무와 오래전 다듬어진 소나무
오랜 단짝처럼 다정하고
기운 넘치는 전나무 옆에 아담한 전나무가
뒤에 우뚝 선 표지판 가리고 서 있다
king↑
왕은 이쪽으로 가시오?
내가 아는 이 길은 정자시장 가는 길
할머니 시장가방 들고 기우뚱기우뚱 걸어가고
할아버지 뒷짐 지고 어슬렁어슬렁 기웃거리고
아줌마 바퀴 달린 장바구니 끌고 종종걸음 치고
그 길을 돌아 나오는 가족
붕어빵 가족과 쪽쪽 뽀뽀하며
달콤함에 빠져 행복하고
나는 길 건너 헬스장에서 계단을 타며
땀이 비 오듯 흘러 내리는데

힘든 줄도 모르고 웃음이 쿡쿡쿡 쏟아진다
저 길을 걸어가면 왕이 될 수 있을까
운동 마치고 나도 저 길을 걸어가야겠다
집에 가는 길은 반대 방향
세탁기 속 빨래가 아우성치고
퇴근한 남편의 저녁상이
내 머릿속을 돌려 세울지라도
나도 왕의 길을 걸어가리라
정해진 시간이 계단도 나도 멈춰 세운다
흘러내리는 땀을 닦으며 꿈에서 깨어나듯
그제서야 뒤편 벽이 눈에 들어온다
희성연인아파트 parking↑

꽁짜

전국에 시끌벅적 소문난 수원 스타필드로
꽁짜 장바구니 받으러 가는 날
9시에 출발해야지 했던 시간 벌써 지나고
휴대폰에 받아둔 장바구니 교환권 도망 못가
게 챙기고
발바닥 땅에 닿기 무섭게 옮겨
날아갈 듯 걸어가는 한 사람 두 사람 여러 사람
건널목 신호에 걸려 마음만 달려가고
저기가 내 자린데 생각한 순간
발 빠른 사람 차고 넘친다
신호등 핏발선 빨간 눈 지그시 감고
순한 초록 눈 윙크 보낼 때
우루루 달려가는 사람들 등쌀에
꼿꼿한 신호대 놀라 움찔움찔

한 줄로 선 사람들 건물 휘돌아 감고
나도 달려가서 자리 잡고 안심, 휴 큰 숨 쉬고
뛰어오는 사람 걸어오는 사람 구경거리다
아기 안고 오고 아이 손잡고 오고
집에 간다는 아이 바구니 받아 가면

오락시켜주겠노라 약속도 하고
아픈 무릎 절룩이며 뛰어 줄 서고
담요 덮은 유모차도 겨울옷 입은 개모차도 줄
선다
긴 줄 옆으로 출근하는 사람들
여기 왜 줄 서 있어요 궁금증 참지 못하고
장바구니 받으려구요 대답하자
아~ 시시한 듯 제 갈 길 이어가고
도로 위 줄 선 차들 인도 위 줄 선 사람
서로 마주 보며 줄다리기 중이다
으쌰으쌰 동쪽으로 당기고
으쌰으쌰 서쪽으로 당기고
팽팽한 줄다리기 신경전 치열하고
바구니 준다는 10시가 되자
자동차에 끌려간다
부지런한 아줌마 아이들 데리고 4개나 받아
꽃 활짝 피워 놓고 사진 찍기 놀이 하고
2개 3개 포개서 끌고 가는 가족 부러운 눈길
30분 지나서야 장바구니 득템하고
모시고 지하 마트로 장보러 간다

채소 담고 고기 담고 빵도 담고
오늘은 성공한 날 우쭐우쭐
빨간 장바구니랑 함께 집으로 간다
나는야 공짜 좋아하는 체면 없는 아줌마
아직 머리카락 쌩쌩 살아있는 육학년 빵반

바다의 노래

챙챙한 한여름 햇살 앞으로
어깨 디밀며 비집고 들어온 빗줄기
제 터 다지기도 전
철없는 피서객 밖으로 몰아냅니다
빨라지는 빗줄기에 서둘러
속도계가 느긋이 낮잠을 즐기던
은빛 소나타의 옆구리 열어젖히고
허겁지겁 짠물에 절여진 엉덩이 거두어 오르자
하품 길게 늘어놓고 달려가는 은빛 소나타

여름내 더위 피해
비니로 비니로 뜨거운 입김 쏟아내던 인파들
누구 하나 허락을 구하지 않았으나
묵묵히 받아 냅니다
내 구역이니 들어오지 말라는 한마디
가슴에 품어 본 적 없는 바다
피서객을 품어 안고 조심스레 머리 조아려
자식의 앞날을 부탁해 보았으나
절레절레 도리질 뿐
아무도 고개 끄덕이는 이 없습니다
송충이는 솔잎을 먹고 살아야 한다

그들의 입술은 부드러웠으나
속내는 한겨울 칼바람입니다

단단한 벽을 쌓아 놓고
그들은 마음대로 드나들지만
바다는 넘어설 수 없습니다
어린 것들 벗어나 보려 안간힘 쓰며
꼼꼼히 짚어 가지만
활짝 핀 나팔꽃처럼
바다를 향해 펼쳐진 벽 끝자락은
동그라미만 수없이 그려낼 뿐
어느새 정신을 잃고
되돌아오는 어린 것들 품에 안고
시퍼렇게 피멍 들어 속울음 감춘 하늘 위로
갈매기 꺼억꺼억 대신 울어줍니다

빗줄기는 점점 거세지고
바다는 점점 수위를 높입니다
달리는 말에 채찍을 가하듯
어린 것의 엉덩이 내리칩니다
출세 출세 출세

니가 왜 거기서 나와

쇼핑몰 마네킹들
입고 있는 옷들이 낯익다
통 큰 바지에 짧은 웃도리
오래전 즐겨 입던 내 모습 보인다
몇 달 전 이사하며 짐 좀 줄여 보겠다고
앞뒤 가리지 않고 버리고 온 바지가
다시 거리를 휩쓸고 다닌다
아깝지만 필요 없다며 버린
통바지 하나 사들고 집으로 왔다

텔레비전에 부산 보수동 책방골목이 보이고
책들은 화면 가득 꽃처럼 활짝 피어 있는데
책방 주인들은 하나같이 옛날을 그리워하고
그 시절 나갔던 새 책들 헌책이 되어
지금도 돌아오고 있다며 향수를 더 한다
원미동 사람들 20504 김아름
세월을 입고 누렇게 발효된 책
타버린 연탄재가 골목마다 보초를 서고
쌀과 연탄을 팔던 쌀 상회가 생필품까지 파는
슈퍼가 되는 경쟁과 확장의 얼굴 보이고

좋은 문제지를 골라줘서 원하는 대학을 갔다며
인사를 하고 가서 발길이 끊겼다며
그리움을 속으로 꽃피우는 책방 주인

새 책과 헌책이 한집 살이 하는
대가족을 이룬 보수동 책방 골목
나를 떠난 통바지가 거리를 휩쓸고 다니듯
보수동 책방 골목에도 손님이 휩쓸고 다니는
그날이 다시 돌아올까, 무심코 페이지를 넘긴다

지게와 똥장군

지게는 아버지를 등에 업고 산으로 올라갑니다
아버지 따뜻한 등이 있어 소풍가듯 즐겁게
산에선 신바람 콧바람도 노래 부르지요
톱질 소리 맞춰 슬근슬근
도끼질 소리 맞춰 꽝꽝 힘차게
낫질 소리 맞춰 샤샤샥 가볍게
쉴 때는 휘휘 휘파람 불어 주고요
나뭇짐 쌓이면 군기 선 이등병처럼
나뭇단 올릴 땐 허리 살짝 숙여주지요
가느다란 지게작대기 도움 크지만요
이번엔 아버지 등에 업혀 내려옵니다
어깨가 빠질 것처럼 아프지만 꾹꾹 참아냅니다
아버지 힘들까 몸무게 줄여보려 숨도 참아 봅
니다
집에 와 나뭇짐 내려놓고 고생했다 푹 쉬거라
한마디에 온몸 피로가 싹 씻겨 내려가지요
오늘은 똥장군을 좀 져 주면 좋겠는데
아버지 조심스레 제 생각을 물어 봅니다
똥지게는 냄새 나서 못하겠다며 통통댑니다
냄새는 좀 나지만 똥은 밭에 나가야 거름이 되어

콩 보리 수수도 쑥쑥 키워서
그때는 알곡을 지고 와야 하지 않겠냐며
아버지는 서두르지 않고
조용조용 타이릅니다
조용조용 좀 생각해 볼게요
아들처럼 아껴주는 아버지의 부탁
지게는 약쑥으로 콧구멍 틀어막고 똥장군을
짊어집니다
종일 집과 밭 왔다갔다 똥물도 맞아가며
아버지와 한 몸 되어 해 질 무렵까지
고생했다며 냇가에서 지게 먼저 씻어주고
바람 잘 통하는 처마 밑에서 푹 쉬라며 자리
만들어 줍니다
지게와 아버지 한 몸 되어 피곤한 잠도 함께
나눕니다

도시의 강

투덜투덜
펄펄 뛰어 다니던 청춘이
벌써 다 지났다고
붉으락 푸르락
웅성대는 가을 산 아래
하늘 높은 줄 모르고
키 재기에 바쁜 건물들
그림자도 따라서
목줄 길게 빼 보는
추분도 지난 가을 오후

은빛 비늘 반짝이는
물오른 갈치 한 마리
동서를 가로질러
길게 드러누었다 그 위를
자동차가 달리며
알맞게 토막 치고
가을바람 불어와
메밀꽃 뿌려 간 맞추고
가을 햇살 내려와

맑게 익혀 놓고
손짓하는 가을날 오후

쉬—잇

한 모금 단풍 바람이 지나가다
할머니 텅 빈 유모차에
엉덩이 살짝
내려놓았다 금세 일어서서
안녕!
손 흔들며 꼬리 감추는
한낮의 주변머리
보름달 엉거주춤
한 발 내딛지도
빼지도 못하고
헝클어진 얼굴로
텅 빈 유모차에
둥지 틀게 해 달라고
비쩍 마른 가슴에 파고들어도
눈 맞춤도 외면하고
가슴 헤집고 스스로 빠져나간
내 아기 돌려 달라
같은 마음으로 시위 중인
할머니와 유모차
성미 급한 검정 세단 물찬 제비처럼

가을 길을 빠져 나가고
거북이보다 더 느리게
어기적어기적 앞걸음 칠 때
시끄러운 흙탕물 수다에
길가 코스모스 잠든 아기 깨우겠다며
손가락 세워 쉬—잇
할머니도 유모차도
쉬—잇

목돈 만들기 프로젝트

모임 통장 적금이 끝나서
농협으로 가는 길
시끌시끌 안쪽 창구에서
할머니와 직원 언성이 높다
아니 할머니 언성만 고함으로 치솟는다
내 돈 내 통장에 넣어 달라는데
그걸 왜 안 해 주느냐고 경찰을 부르네마네
작은 농협 안이 할머니 목소리로 꽉 찼다
각자 다른 일을 처리하면서도
귀는 토끼처럼 쫑긋 세워 한쪽으로만 향하고
조용한 틈을 타 무슨 일이야 노련한 직원이
묻는다
적금 부은 돈을 딸이 찾아 갔대
그럼 심부름 시키셨나 보네
애초에 딸 명의로 만든 통장이래
그럼 딸한테 전화해 보면 되지
딸이 전화를 안 받는대
팀장급의 뒷줄에 물러나 앉은 직원이
연신 전화해도 받지 않는 눈치다
농협직원들은 남몰래 고개 절레절레 젓고

할머니는 붉으락 푸르락 열 내리는 중이다
그때 헐레벌떡 들어오는 젊은 여인
엄마 왜 여기 있어 쉬는 날 갔다주려고 했는데
나는 니가 바쁘니까 일 덜어 줄라고 왔제
농협 안이 금세 박꽃처럼 환하게 피어났다

우수雨水

아침 일찍 우수라고 까─똑
벌써 우수라고 벌떡
농사 준비 서둘러야 한다
대동강 물도 풀리고
얼어 죽을 내 아들놈도 없다는
엄마 시절의 속담이 나를 깨운다
커튼 젖히자 방울방울
창문을 타고 굴러 내리는 우수
반갑다 인사에 세수도 하지 못한
내 부스스한 차림에 놀라지도 않고
방긋 웃는 너에게 대신 내가 놀라
동그랗게 뒷걸음질 친다
땅이 보이지 않는 고층 아파트
방울방울 물방울 뒤로
은발 풀어헤친 안개
하늘도 땅도 안개 편인 듯
친구처럼 매일 만나는 앞산을
빈틈없이 켜켜이 가로막아
우수憂愁에 젖어 허우적거리다
둥근 포트에 동글동글 물방울 끓여

커피잔 속 라떼 동그랗게 바라만 봐도
방울방울 따스함이 손으로 전해 오고
안개와도 친구가 된 듯 흐린 아침이
둥근 해와 함께 맑게 떠오른다
우수의 늦은 아침
똘똘한 씨앗을 고르고 고구마 싹을 틔우고
논두렁 밭두렁 태워 병충해를 예방하던
아버지 시절의 농사법, 안개 낀 우수에
동글동글 머릿속에 새순처럼 솟아오른다

갈대

만석공원 호숫가 갈대들 푸르게 서 있다
갈대숲 너머에서 하나둘 올라와
꽃봉오리 터트리는 연꽃을 찾아
거북이처럼 목 빼고 느린 걸음 갈지자 그리는데
가을에 피어나는 갈대 벌써 올라와 하늘거린다
허걱! 지금은 7월 초하루 갈대가 벌써
머리끝에서 아래쪽으로 쭈욱 훑어 내리는데
대가 누렇다
푸른 햇갈대가 아닌 묵은 갈대
갈 때를 피해 초록의 청춘들 틈에 끼어
야—야—야 내 나이가 어때서, 를 신나서 부르고
바람도 그 바람에 신이 나서 같이 젊어지자며
갈대들의 춤바람에 합류한다
갈 때를 피한 갈대들이 새파란 어린 것들과
힘께 이울려 나도 이직 청춘이리며
억지를 쓰고 있다 청춘이라며

내 마음 들킨 듯
외면하고 집으로 발길 돌리는데
입으로는, 야 야 야 내 나이가 어때서

사랑하기 딱 좋은 나인데
흥얼흥얼 노래하고 있다

화이트크리스마스2023

공원길에 할머니들
아장아장 조심조심 걸어간다
나는 세상 너머 엄마에게 편지를 쓴다
잘 지내시지요
그 뒤엔 아이들 뛰어나와
신나서 눈을 굴리고
엄마의 답장이 온다
나는 잘 있다
재잘대는 소리에 할머니들
뒤돌아서 아이들 바라보고
건강은 괜찮으시지요
강아지도 폴짝폴짝 뛰며 신이 난다
내 걱정은 안해도 된다
할머니들 다시 길을 걷는다
고뿔은 안 걸리셨는지요
아이들 눈사람을 만들고
나는 괜찮다
할머니들 아장아장 공원길 벗어나고
꼭 건강하게 잘 지내셔요
힘찬 아이들 눈사람 심판 세워두고

눈싸움 시작이다
던지고 맞고 피하고 뭉치고
그래 건강하게 잘 지내고
아이들은 눈 위를 떠날 줄 모르고
썰매를 타고 끌어주고
강아지도 친구 불러 함께 뛰놀고
내가 잠시 눈을 돌려도
지나간 발자국 위에 눈은 계속 내리고
돌아선 내게 엄마 목소리 들려온다
하고 싶은 거 맘껏 하고 살거라
온 세상이 화이트 크리스마스다

4부

도시 별장

도시 별장

귀촌 십 년
번화한 도시 창문 너머로
지나가는 사람들과 맘껏
공유할 수 있는 곳에 작은 방 하나
마련하고 싶다
도시 친구들과 만나 수다 떨다
일찍 끊어지는 막차 놓칠까
시계 초침에 자꾸만 눈길 가고
조바심치는 마음 늦출 수 있게

푸른 숲 가까이하다 마음 맞지 않을 때
올망졸망 들판 작은 개울물 저들끼리 조잘거
릴 때
외지인 대접하며 토박이가 반장도 안 시켜 줄 때
사람 그림자도 보이지 않는 하루가 지나갈 때
뱀이 친구하자 울타리 펄쩍 넘어오고
두엄 냄새 진동하며 아침 인사할 때
땅속 두더지 상추 고추 들춰놓고 도망치고
잔디마당 잡초들 안방인 양 끝없이 진 칠 때
조용한 날 벌레 친구들 방으로 쳐들어와

자기구역이라고 텃세 부리며 나를 밀어낼 때

번쩍거리는 명품들 우쭐대는 백화점에서
예쁜 모자를 썼다 벗었다 모델도 되어보고
굽 높은 예쁜 구두 신나서 신어보고
분홍색 빨간색 입술도 그려보고
사람 넘쳐나 자유롭지 않은 길도 같이 걷고
속도에 목멘 매연 뿜는 자동차들 줄을 서고
도시공원이 견공들 화장실이 되고
급한 외출에 깜빡이는 신호등이
나를 잡고 놓아주지 않을지라도
왁자지껄 화려하게 불빛 출렁이는 거기
나는 도시 별장을 꿈꾼다

마스크

밤새 길도 마당도 산도 들도
하얀 마스크 꼭꼭 여미어 썼습니다

길 건너 교회 오르막길에
하얀 승용차 부릉부릉 왱왱
오르다 미끄러지고 또 미끄러지고
청년들이 우르르 내려 뒤에서 영차영차 밀어도
왱왱 괴성만 지르며 뒷걸음질 칩니다

뒤에는 노란 봉고차 앞차가 얼른 올라가길
기다리고 있지만 제자리걸음
길 건너 방관자인 나는
조금만 돌아가면 편히 갈 수 있는데
왜 굳이 저 경사진 길을 쯧쯧

중년의 봉고차 아저씨 급히 내려
길 밖에 꼿꼿하게 마른 풀을
급히 꺾어 뒷바퀴 앞쪽에 깔아주자
마스크 같은 하얀 승용차
쌩하고 올라갑니다

차를 밀던 청년들 가벼이 인사하고 떠나고
노란 봉고차 앞차를 밀던 청년들 태우고
한달음에 쌩하고 올라갑니다

찡그리던 소리들이 사라진 경사길도
다시 마스크를 쓴 것처럼 조용해 집니다
온 마을이 마스크 벗을 날 기다리며
다시 숨죽이고 요양 중입니다

냉이를 캐면

봄바람 불면 조급한 마음 감추지 못하고
밭에 나가 손 시린 줄 모르고 냉이를 캔다
마당에 쏟아놓고 다듬기 시작하면
잔뿌리 훑어 내고 떡잎 뜯어내고
흙 털어내고 검불은 떼어내고
나는 왜 품값도 없는 일을 이렇게
후회 막급 내다 버릴까 하는 마음까지 들다가
냉이에 대한 예의 캐 온 정성에 참고 다듬는다
손끝 아파 오고 손톱 까매지고 엉덩이 배기고
무릎도 욱신욱신 찬바람 가슴 파고들어 이건
할 짓이 아니야
슬며시 나타난 남편에게 같이 좀 다듬으면 안
될까
슬며시 물어보면 난 그런 거 못해
입은 툴툴 손은 종종걸음 치고
머릿속엔 향긋한 냉잇국 그려내고
캐 온 냉이 끝이 보이고 다듬은 냉이 수북해
지고

깨끗이 씻어 냄비에 된장 풀고

건져둔 냉이 날콩가루 살살 무쳐 고소함 더하고
끓이기만 하면 봄 향 가득한 저녁상 완성
다듬을 땐 외면하던 남편도 맛있다며
한 그릇 더
봄 냉이는 보약이다
미운 정도 정이라 한 그릇 듬뿍 담아 준다

꿈

남편 꿈에, 자지러질 듯 부르는 소리에
놀라 잠에서 깼지만, 정작 나는
세상모르고 쌔근쌔근 자고 있었다네요

산 가깝고 마을이 먼 우리집엔
벌레들 떼로 몰려오고
놀란 소리로 남편을 불러 세우곤 하는데
영 성가신 모양입니다. 나는
영 미안한 마음인데, 순간
화살이 다른 곳으로 향합니다

나는 이곳에 가진 것 탈탈 털어 지불하고 온
탓에
당연히 내 영역이라 생각이 들고
그들을 쫓아내도 아무 소리 없이
내 자리를 돌려줄 줄 알았는데
그들은 아주 당당하게
그들의 영역인 듯, 아들
손자, 며느리, 친구까지 불러 모아
여기저기 마음대로 자리 잡고

노래 부르고 구르고 뛰고 날고
심지어 동침하자고 침대까지 뛰어 듭니다
나는 뿔이 나서 그들에게
월세라도 받아야겠다 싶은데
그들은 원래부터 제집인 양 아주 당당하게
이 구석 저 구석 못가는 곳이 없습니다
저들에게 등기장이라도 들이밀고
내 집이니 나가 달라고 통사정이라도 하면
나를 주인으로 인정해 줄까요
되려 나를 침입자라고 쫓아내진 않을까요
어찌 하오리까
방법이 없어 법에다 하소연이라도 해봐야겠는데
법은 정말 제 손 잡아 줄까요?

경춘선 이야기

상봉역에서

사람들 길게 늘어서 자동문 열리기를 기다리는 대기 줄 앞 허리춤에 공파스 다닥다닥 붙인 자동문 힘겨워 보입니다 오는 사람 가는 사람 허리 굽혀 맞이하는 그의 하루는 이른 아침부터 늦은 밤까지 아프다 말할 수도 없어 공파스로 허리 세워 놓고 감사하다는 말 한마디 없어도 꼿꼿이 제자리 지킵니다 기다리는 전철 도착하고 자동문 열리고 우루루 몰려 들어가는 무리에 공파스 붙인 허리 휘청 흔들립니다

휘청 전철 출발하고 잠시 후

옆에 앉은 청년 살 살짝 터치합니다 고개 돌려보니 휴대폰을 보고 있습니다 졸고 있는 게 아니구나 고개 돌리는 순간 청년의 머리가 혹 몸이 기우뚱 눈 번쩍 뜹니다 그것도 잠시 이번엔 반대쪽으로 터치터치 쿡쿡 옆자리 여자분 자리를 조금 비켜 나네요 이젠 앞으로 쿡쿡 직장 다니는 아들 보는 것 같아 마음 쓰이고 옆으로 쿡 넘어갈까 걱정입니다 자동문이 허리에 공파스

다닥다닥 붙인 이유 알 것 같습니다

　청년 청평을 지나자 꼿꼿이 앉아 진짜 휴대폰
을 보고 있습니다 어휴 휴대폰을 향한 손놀림
장난 아닙니다 휴, 안도의 한숨 내쉬게 되네요
역시 선수는 후반전인가 봅니다 터치터치 쿡쿡
아닌 다다다다다 따발총입니다 저는 빈자리로
옮겨 내릴 준비를 합니다 자동문에 건강하세요
허리숙여 인사하고 바쁜 발걸음 다다다다 옮깁
니다

네비게이션

한해를 보낸다는 건

아들은 아침나절 휴가를 쓰고 엄마 보러 왔다
고 했고
엄마는 아들이 좋아하는 굴을 사왔고
장사꾼이 싱싱하다고 해서 사온 굴은 마지막
몇 개를 남겨두고
냄새나는 한 놈이 있다고 토를 하고 남은 건
버려야 한다고 야단이고
해 질 녘 빨래를 걷는데 빨랫줄 집게에 묶은
머리채를 잡히고
순간 기분 엄청 나빠져 급기야 묶은 머리를
잘라 버려야겠다고 결심을 하고
엄마 보러 왔다는 아들은 여친 만나러 간다고
어느 틈에 춘천으로 내빼버리고
여덟 시쯤 도착한다는 펜션 손님은 가평 이화
리가 아닌 화성 이화리에 갔노라고 전화를 하고
이윽고 가평 이화리를 오지 않겠다고 저 혼자
뿔난 통보를 하고
8시 10분에 도착한다는 손님은 아홉 시 반에

도착을 하고

　빈방 찾던 손님은 온다는 시간이 지나도 대꾸
도 없고

　손님 기다리며 빨간 불빛 반짝여 빈방을 데우
던 밤은 깊어가고 추위도 깊어가고

　텔레비전에서는 제야의 종소리

　– 뎅

　– 뎅

　– 뎅

　깊어가고

　해가 바뀌어도

　온다는 손님은 오지 않고

　집 나간 아들도 오지를 않고

잠 못 드는 밤

밥 한번 먹자는 남편 친구의 말에, 대답으로
전철을 타고 조금 먼 외출을 하는 길이다
옆에 손님을 맞이 못한 빈자리 낮잠 중이다
아함, 나도 두 다리 쭈─욱 펴고 자고 싶다
내릴 때까지 졸음은 쉬지를 않고, 참아야지
정신 차리자 정신 차려야지
안양역에 도착한 발걸음 꿈속인 듯 걷는다

오늘을 마친 저녁 이제 잠잘 시간이다
잠옷 입고 이불 덮고 눈 감는다
10분 20분 30분 감고 있는 눈 말똥말똥
우크라이나전쟁은 언제 끝날까
아들이 가벼운 술집을 차렸다는데 손님이…
경기가 언제나 좋아질까
낮에 나눈 이야기들 떼굴떼굴 굴러 나와
걱정되는 일들 줄 서서 기다리고
두어 시간이 지나도 두 눈은 말똥소똥
등에 가시 돋친 듯 누워있지 못해
일어나 TV를 켠다
너도 참 잠이 없구나 할 말도 많고

불꽃처럼 화려한 화면 바라보다
아참 나 때문에 너도 잠을 못자는구나
다음 목적지 책장을 방문하여 잠 깨운다
재미없어 보이는 책을 골라
깊은 잠 깨워 그냥 읽어 내려간다
다 읽어 내야지 다짐하고
한 페이지 책장 넘기고
하지만 너—무 재미가 도망가네
눈꺼풀 내려오고 하품 따라 나오고
책 끄고 불 덮고 이불 업자 잠이 덮친다
말똥개똥 하던 하얀 밤
쌔근쌔근 불면증을 까맣게 칠해 준다

생일선물

부지깽이도 일손을 돕는다는 농사철
그중에서도 제일 힘든 무논에서 모심기
한참 바쁜 시절 눈치 없이 태어났다
이웃집 품앗이를 가기로 한 엄마
한밤중에 내가 태어나서 못갔다고 한다
생일이 다가오면 올해는
생일 지대로 챙겨 주마 약속하지만
나는 손꼽아 기다리다 깜빡
엄마는 너무 바빠 총총걸음으로 깜빡
몇 날이 지나서야 생각난 엄마는 내가 좋아하는
찹쌀에 간간하게 소금 넣은 팥밥을 해서
생일은 늦춰서 해먹지 땡겨서 해먹는 거 아이다
헛기침처럼 읊조리며 마이 무거라 하고
일 년에 한 번 막내인 내 밥을 제일 먼저 퍼
주는 아침상
입 짧은 내가 냠냠짭짭 맛있게 먹으면
실수를 만회한 듯 미안함 가신 웃음꽃 멋쩍게
피우고
밥 한 그릇 후딱 해치우고, 내가 밥그릇 비우
기 전에

설거지해라 한마디 남기고 밭으로 나간다
학교를 들어가며 내 소원은 엄마가 젊어지는 것
엄마가 내 생일을 까먹어도 괜찮은데
친구엄마처럼 새댁소리 들었으면 좋겠어
라는 생각 머릿속에 가득했지만
입으로 나오는 암호를 풀지는 못했다
마을 앞산에 펼쳐진 계곡처럼 깊어지는 엄마
주름살
푸우—푸 물 뿜어 다림질한 치마저고리처럼
예쁘게 펴질 수 있다면

토마토

남편 친구 부부가 키운 토마토
철원에서 수원까지 달려왔다
박스를 열자 동갑내기 친구를 보듯
환영의 물결 빨갛게 반짝인다
결 굵은 파마 길지도 짧지도 않은 머리
눈 코 입 시원시원 강단 있는 얼굴
오랜만에 찾아가면 커피 한잔에도
따스함이 느껴지는 멋진 농부 얼굴 그려진다

단단해 보이지만 아담한 체격
하우스농사를 준비하다 사고로
오랫동안 병원 신세를 진 남편
아직도 다리가 불편해 일은 뒷전이다
시부모님에 시동생에 세 아이들
외국인 일꾼도 들여 같이 일하고
식구처럼 따뜻이 보살피며 사는
환갑을 넘긴 여인의 어깨가
당당하고 여유가 넘친다

토마토가 빨갛게 익으면

의사 얼굴이 노랗게 변한다는
서양 속담도 있다는데
건강식 일등 토마토처럼
그녀 얼굴이 빨갛게 반짝이고 있다
네모 반듯한 박스 속에서도 동글동글

화서시장

지금 미스코리아 선발 중이다

나란히 줄 맞춘
군살 없는 오이가 시선을 끌고
그 옆 비만이 된 노각은
몸무게 좀 줄여 볼 요량으로
각질 제거에 힘을 쏟는다
제철 맞은 보라색 짙은 가지는
윤기 나는 피부로
날씬한 오이를 눌러보려 하고
철 이른 고구마 포동포동
콧대가 높다
시선 집중엔 단연코
빨간 고추
풋고추를 대동하여 출전하고
엉덩이 큰 감자는
긴장감 빼고 질펀히 자리 잡았다

길가에 자리 잡은 풋콩은
여린 속살까지 드러내

행인들을 유혹하고
볼륨감 없는 부추와 고구마 줄기는
웰빙 웰빙 웰빙이라고
나도 진선미라고
어울리지 않는 폼 잡고 있다

떡볶이

빨갛게 맛깔스런
떡볶이 기대하며
얼룩무늬 개구리복
가까스로 벗어던진
금방 깎은 잔디밭처럼
푸릇한 아이가
침 꼴깍 삼키며
지켜보고 있는데

급한 마음이
칼끝을 재촉하여
양배추 썰던 칼이
검지를 슬쩍 스치고
손톱이 양배추인양
슬쩍 스며들어
색출작전 벌어지고
떡볶이는 한발 뒷걸음치는데
성급한 마음 탓에
손끝이 먼저 빨갛게
색깔을 내고 있다

옷장 속 개구리복
다시 입고 떠난 날
칼끝 스친 그 자리 옆
까칠한 묵은 살이
목에 걸린 가시처럼
까실 까실 걸린다

목련

긴 골목 끝
그곳에 엄마 집이 있다
달도 친정 나들이 떠난 밤이면
긴 골목 두루마기 차림의
손님 몰려 들어와
감히 등잔불 오롯한
뒷방 범접하지 못하고
문밖에 서성이다
새벽닭 울면 도포자락 끌며
스스로 발걸음 거두어
황급히 물러나던 어둠

화전놀이 한번
마실 나들이도 쉬 나가는 일 없이
꼬리를 물고 쫓아오는 일
힘들다 밀쳐내지 않고
앞 세워 등 토닥여 주고
늦은 밤 목련꽃 같은 등잔불 밝혀두고
너는 참 곱기도 하다 부러운 눈길 보내다
스치는 문풍지 소리에도 출렁이는 불꽃을

헛웃음으로 마무리 짓는다

하루 해가 너무 짧다고
훗날 새벽을 빌려 쓰며
꼼꼼히 이어가던 길쌈
광주리 가득 채워 내고서야
하루를 마무리하고
삼 때 앉은 무릎, 치마 속으로 감춘다

열쇠

징징징 울음소리 보인다
가쁜 숨소리 만져진다
자리다툼 아귀다툼 아우성도 떨어진다
꾼들에 의해 허가도 없이 붙여진 스티커

열쇠…
열쇠 스티커를 붙이는 건
열쇠를 위한 것이 아니다
자물통을 팔아먹기 위한 위장전술

하나둘일 땐 친구 같아 좋았다
날이 갈수록 눈코입귀 할 것 없이
마구 붙여져 숨도 못 쉬고 헐떡거리고 있다
그래도 아랑곳하지 않고 또 들이민다
진정 열쇠를 위해 희생을 감수해야
하는 걸까 나는
아니 새로 이사 올 자물통을 위해
지금 옆에 있는 건 고물이라고
안녕이라고 해야 하는 걸까
그럼 이젠 열쇠 따윈 필요치도 않을 텐데

0에서 9까지의 숫자만 있으면

갈등 속에 그의 안색 점점 나빠지고
눈도 귀도 코도 가려진
열쇠를 위해 존재하는 우리 집 대문

아랫녘, 그 여인

고향을 뒷짐 지고
변두리 건넛방에서 꿈을 먹고
세 들어 살던 퇴근길
내게 찾아온 손님이 있다며
반겨 맞이하던 주인아주머니

올라선 툇마루는 고요하고
자물통은 아—함 잘 잤다 기지개 켜고
아랫목 담요도 자리보전하고
손님이라곤 개미 한 마리 없는데

구공탄이 지키는 수돗물 없는 부엌에
그녀의 흔적 고스란히 남아
석유곤로 위에서 낮잠을 즐기는
라면 냄비 숟가락 젓가락
계란 파편과 젓가락 낚시를 피한
탄력 잃은 짧은 면발들이
물만 먹어도 불어나는 체중 고민에
정작 본 주인의 출현은
안중에도 없는 그녀들의 수다뿐

마당 끝 냄새나는 화장실까지 뒤져봐도
손님이라곤 머리카락도 보이지 않는데

수더분한 차림에
아랫녘에서 왔다는 그 한마디에
단번에 귀한 손님으로 맞아 주었던
인천 근교의 섬이 고향인
종종 친정에서 건너온 굴회를
초고추장이 아닌 초간장으로 먹어야 제맛이
난다며
함께 나눠주던 인정 많은 주인아주머니

짝사랑인 나를 뒤로하고
네 손님이었던 내 고향스러운
아랫녘에서 왔다는 그녀를 따라나선
돼지 저금통이 못내 서운했던
방을 비우며 서운함도 비워냈던
그때 그 시절

나는 지금 큰언니쯤으로 보였던
아랫녘이 고향인 그녀와 만나
맛난 밥 한 끼 먹고 싶다

5부

남편학개론

이게 모예요

세 살 손녀가 놀러 왔다
잠자다 벗어놓은 안대眼帶를 들고
-이게 모예요
-그거 할머니 잠잘 때 쓰는 안대
들었던 안대 살그머니 내려놓고
동그란 눈으로 바라보며
오물오물 또박또박
-할머니 이거 만지면 안대요?
-아이쿠
이걸 어떻게 말해야 하나
눈 깜빡이는 사이
손녀의 관심 밖으로 밀려나
만지면 안되는 안대가 되었다

잊혀진 그리움

숙지산 입구 공원 벤치
검정색 고운 접이부채 하나
온전히 접히지 않는 몸으로 꼿꼿이 앉아 있다
여미어 흐트러지지 않으려 안간힘
지난밤 거친 비바람에도 자존심 지키려
두 손 움켜쥐고 꼿꼿함 지켜낸 부채
평소 주인의 가르침이었을까

더위 끝 무렵 오순도순 정답게
담소를 나누던 중년의 두 여인
검은색 원피스로 부채와 깔맞춤하고
간간이 우아한 손놀림으로 더위를 쫓던
단아한 자태의 한 여인과 결 고운 부채
지나가던 내 눈길 오래 붙잡았다

그때보다 더 오래 내 눈길을 묶어두는
쯧쯧
떠나버린 주인을 기다리는
잊혀진 계절처럼 그리움만 쌓여가고
자존심 지키려 눈물 한 방울 흘릴 수 없어

자태 유지하고 있는 부채가 안쓰럽다
밤새 대신 울어주고
몰래 떠난 비가 고마워
해가 떠오른 낮에도 눈가 촉촉이 젖어있는
슬퍼도 소리내지 않고 우는 그리움을 보여주
고 있다

입동 풍경

거실 벽 살집 좋은 달력에
입동이 생일 맞은 아이처럼
들떠 환히 웃고 있는데
너른 거실 한구석 호박도
광주리 가득 채우고 환히 웃는다
지난겨울 먹고 버린 음식 쓰레기
거름으로 밭 자락에 묻었는데
봄이 되자 저 혼자 싹 틔우고 꽃피어
실한 호박이 많이도 열렸다며
엄마 같은 큰언니 얼굴이 함박꽃이다

비행기 타고 외국 드나들며
일하는 두 아들
그리고 막내딸
걱정이 앞서지만
젊은 시절 일하느라
제대로 키워주지 못한 아이들
저 혼자 잘 자라 주었다며
대견해 입에 침이 마르고
광주리 속 단호박도 덩달아

어깨가 으쓱 올라가는
호박들의 다디단 수다와 웃음소리
달력 속 생일 맞은 입동
입꼬리가 아래로 내려가는
시골마을 입동 큰언니네 거실
꽉 찬 풍경이다

천리안부동산

노랑빨강노랑빨강노랑빨강
앞 뒤 옆 요란하다 간판도 유리벽도
십리 밖 아니 달나라에서도 찾을 수 있을 것 같은
큰길에서 골목으로 접어들면
성실상담 재테크상담 아파트 땅 상가 전세 매매
안팎으로 가득한 노랑빨강 이름모를 꽃들
주인 닮아 부지런히 피고지고
아파트 숲처럼 가지런한 단발머리
나이 들어 그만둘까도 생각해 봤다는데
탄력 좋은 청바지 조여 입고 손님 마음까지
잡아챈다
비둘기도 문 앞에서 모이를 쪼다 말고 기웃기웃
참새도 포릉포릉 날아와 살 곳 좀 알아봐 달
라 부탁하는 곳

여기저기 집 보러 다니다 들어선 곳
–딴 데 가봐야 여기만 한 데 없어요
–빨리 가봅시다
말 끝나기 무섭게 꼬리 잡고 따라 나선다
–오늘 딱 두 개만 보여줄 건데 거기서 고르시

면 됩니다

　먼저 낮은 층의 손볼 곳이 많은 집

　여기는 좀 싸게 나와서 고쳐서 들어오시면 되
구요

　-다음 집으로 가봅시다

　새들 산책하다 인사하며 지나가고

　오뉴월 푸른산이 쭈─욱 손 내밀며 악수 청하고

　아침이면 마법사가 밥상을 차려 줄 것 같은
깔금한 집

　-구석구석 잘 살펴보세요 보나마나 이집을 사
게 됩니다

　남편도 괜찮긴 한데 비싸네

　귓속말로 좀 더 보자 쫄래쫄래 따라가는데

　더 보면 헷갈린다며 둘 중에 고르면 된다

　못질하는 사장님

　날짜도 급한데 그만한 집 없다며

　못질의 강도를 높이자

　여우에 홀린 듯 남편과 눈길 주고 받는다

　일사천리

　조금 깎고 날짜 맞춰 보자고 전화기 들고 나가

안되나 보다 할 때쯤 들어와 조율하기 너무
힘들었다며
이제 안하면 안 된다고 대못을 쾅쾅
우리 마음까지 훤히 들여다보는 천리안이다

영도다리

육십갑자 다 돌아 새로운 출발점에서
뜬금없이 받고 싶은 선물을 말하라는 딸
느닷없이 여행이라고 대답했다
숨 쉴 틈도 없이 어디냐고 묻는 딸
아무 생각 없이 부산이라는 말이 먼저 튀어나
왔다
부산 친구에게 어딜 가야 좋으냐고 카톡을 보
낸다
광안대교 해운대 태종대 나도 잘 모르겠다
부산 어디 가고 싶냐고 묻는 딸
광안대교 해운대 태종대
딸은 내 먹거리와 볼거리를 참고해
2박 3일 계획을 짰다며 개인용품만 잘 챙기란다
KTX에 몸을 싣고 따스한 남녘으로 달린다
부산하면 영도다리, 머리를 세게 치고 지나간다
그건 엄마 소원이었다. 엄마 품이 내 거처였을 때
동네 아지매들과 하는 이야기를 들은 적 있다
부산에 영도다리 구경하러 가야 되는데
큰 배가 지나가면 다리를 번쩍 들어 준다던데
그런 다리가 있을 수가 있나 참 희한하제

그 후 영도다리는 아지매들 입에서 뛰어 내렸다
아마 일제 수탈을 지켜보고
한국전쟁 때도 피난민들 이별 순간을 지켜보고
영도다리 밑에서 만나자 힘든 약속 지켜보느라
애가 타서 더는 다리를 들지 않는다는 소문도
들렸다
2013년 47년간의 공백을 메우고 새로 태어난
영도다리
나도 시간여행을 예약해 저세상 내 엄마 모시고
맛난 밥 먹고 영도다리도 건너보고
다리 번쩍 들어올려 배를 넘겨 보내는 모습도
보며
얄궂기도 해라 하며 잠시라도 주름진 얼굴 활
짝 펴고
부산스럽게 부산을 구경하는 우리 엄마
손잡고 한 번이라도 같이 볼 수 있다면

홍어

화서문에서 타임머신 타고 화성으로 떠난다
장안문 지나 방화수류정 앞 용연에 빠졌다가
물기 툭툭 털어내며 남수문으로 빠져나온다
팔달산 아래 뒷골목 홍어집에 홀린 듯
홍어찜 시키고 메뉴판 빤히 훔쳐봐도 밥은 없다
채워진 한자리도 홍어무침에
술잔만 계단을 오르락내리락
홍어보다 더 좋은 안주 샘 솟는다
모락모락 김까지 솟는 홍어찜 나왔다
예전의 맛 기대하며 크게 한입 먹는 순간
악, 소리 먼저 튀어나오고 코와 입 마비되고
포루에서 탕탕탕 대포 쏘는 맛 무방비로 맞는다
목에서 뱃속에서 펄펄 화기 불 뿜듯
온몸 열기 뱉어 내느라 후─우 후─우
홍어에는 막걸리가 있어야지, 한잔 내미는 주
인장
서방님과 방화수류정에 올라 용연에 정신 빠
뜨리며
나는 가야금 서방님은 막걸리
휘늘어진 버드나무 춤을 날리고

124

참새들 몰려와 재잘재잘 사랑 타령 주거니 받
거니
  홍어 한 점 쏘는 맛에 정신줄 내려놓았다
  시원한 막걸리 한 사발 화홍문 아래
  흐르는 물이 되어 씻어 내려도
  홍어찜에 막걸리로 채운 뱃속
  전쟁 일어난 듯 화끈화끈 꾸륵꾸륵 뜨끔뜨끔
  화포 맞은 듯 속이 타서 부랴부랴
  200년 전 화성 밖으로 튀어나와
  나는 불 끄러 께기뱅크로 들어간다

숙지산

팔달산과 여기산 사이 나지막이 앉아
형님을 바라보는 숙지산
온몸 열어 강하고 결 고운 돌덩이 내주어
10년 공사를 3년으로 앞당겨 화성을 완공하고
정조대왕께 받은 이름 숙지산
화성 축조에 돌을 많이 보내준
익히 알고 있는 산이니
숙지산이라 부르라 명했으니
2백 30년이 지났어도 주변 둘러싼
동네사람 사랑 온몸으로 받는다
팔달산 아래 세운 화성 세계 문화유산에 이름
올리고
손님맞이 바쁜 형님 매일 바라보기만 해도
뿌듯한 마음 가슴 벅차오른다
혼자만의 힘은 아니었다
둘째인 숙지산이 제일 많은 돌덩이 내주고
흔적 없이 사라진 막내 권동의 돌산
셋째 여기산도 많은 것을 내주고
팔달산 형님도 힘을 보태
큰돌 중간돌 작은돌 나누어 값을 쳐준

정조대왕의 백성 사랑하는 마음과
거중기 유형거 소들도 일꾼들과 함께하고
4형제 있는 힘 다 쏟아 우뚝 화성 세워
큰형님 팔달산 세계에 이름 떨치고
아우들도 뿌듯하게 바라보는 사이좋은 형제들
가슴에 쐐기 박은 자국 아직도 선명히 남아
지나는 이 마음 숙연하게 하는 숙지산, 나도
잘 알고 있다

쌍수

시누이에게 전화가 왔다
-언니 쌍수하러 가요
망설임 없이
-그럴까요
오랜만에 외국에서 들어온 시누이와
마음 맞은 자매는 병원에 가서
상담하고 예약을 잡았다며
시간 맞춰 같이 가야 한다고
소식 전한다
그제서야 으이크 클났네 해, 말어
코로나가 활개를 치고 다녀 손님도 없고
문 닫고 다른 일 찾는 사람도 많다는데
이 시절에 쌍수를? 말도 안 돼
남편에게 안하는 게 맞지
둘이서 하고 오시라 그래 했지만
남편도 내 편이 아니라 큰소리친다
-그냥 같이 가서 하고 와
지금보다는 예뻐지겠지 기대하며
-에이 그래 그냥 하는 거야
남편은 친절하게도 시골살이를 핑계로

세 여인을 에스코트했다 하루종일
쌍수를 하고 어색함에 안절부절
2년 지나서야 거울 앞에서
2년 젊어진 듯 쌍수 들어 환호한다

이마로 눈뜨지 마

이마로 눈뜨지 마
깜짝 놀라 멀뚱히 딸을 바라본다
눈꺼풀로 눈 떠야지 왜 이마로 눈을 떠
오랜만에 만난 딸이 깊어진 이마 주름을 보고
놀라서 대뜸 한 소리다
눈꺼풀을 세게 밀어 올려본다
이마가 같이 움직여 주름을 만든다
바라보는 딸이 엄마 연습해 하며
이마가 움직이지 않게 이마를 눌러준다
눈꺼풀도 얌전해졌다
그것도 연습을 많이 해야 되는 거야

거울을 볼 때마다 눈뜨는 연습에 열중이다
눈만 예뻐지면 장월희가
장희빈처럼 세상을 떵떵 호령할 수 있을까
두 눈을 감았다 떴다
하늘 치켜 올려다보고 땅도 내리깔아보고
실눈도 곁눈질도 요리조리 해보고
펜으로 살살 달래며 그려도 보고
테이프로 쌍꺼풀을 억지로 만들어 보고

김태희 이영애가 된 듯
얼굴 가득 함박웃음 지으며
내일이면 나도 예쁘게 변신할 거야
하나둘 희망을 그려본다
거울 앞에서 연습 또 연습

하지만 습관은 주름만큼이나 깊어
거울을 바라볼 때뿐 변화는 멀기만 하다
엄마 걱정하는 딸 목소리만 웅웅댄다
이마로 눈뜨지 말라니까
마음에도 깊은 주름 새겨진다

착시

시장 화장품 가게에서 스킨을 샀다
스킨을 바른 지 100일도 훨씬 지났는데
이제야 뚜껑 위 그려진 꽃무늬가 보인다
반짝 얼굴 가까이 들이밀고
진짜 꽃인가 두 눈 레이저 빛으로 확인한다
서리가 내려도 지지 않고
진한 향기에 기분마저 좋아지는
생생한 국화 하나 몽우리 하나 이파리
너 참 예쁘구나
뒤늦은 인사 건넨다

뚜껑에 아무 짓도 한 적 없는데
왜 한쪽 구석 색깔이 바랬을까
스쳐 지나가는 생각 지워 버렸다
뚜껑 색깔이 변했다고
화장품을 쓸 수 없는 것도 아니라고
보일 때마다 지워 버리곤 했다
소담하고 생기발랄한 황금빛 꽃송이
100일이 지났어도 꽃도 향기도
생생하게 제자리 지키고 있는 국화

누군가의 소중한 작품
제 색깔 잃어버린 일회용으로 치부해버린
국화 두 송이
깜짝 놀란 나를 빨간 토끼눈으로 노려보았을까
이제라도 알아봐 줘서 다행이라고 생각해 줄까
아니 겨우 알아봤다고 복수하는 건 아니겠지

화장품을 바를 때마다 없는 여우짓에
눈 맞춤하고 안녕 인사라도 건네면
내 얼굴도 양귀비처럼 되려나
남편은 현종이 되어 뛰어들어 오려나

남편학개론

집사람들은 남편을 내편이라 생각한다
어제는 아니었지만 내일은 내편이라 믿는다
하지만 남편은 남의 편
내편이었던 적이 있었나 기억에 없다
지나간 언젠가는 내편이었을지도 모른다
너무나 당연하다고 생각하여
기억에 남겨두지 않았을지도
이웃과 투닥거려도 내편이 아닌 남의 편
시댁과 갈등엔 더더욱 남의 편
아이들과 다퉈도 내편은 아니고
친구에게 조금 서운하다 푸념하며
내편이 되어 달라 투덜거려도
그랬구나 한마디 없이
니가 이해해야지 뭐 그런 일로
속 좁게 삐지지 말고 잘 지내
남편은 언제나 남의 편
이름을 잘못 지은 탓이야
도대체 누가 남편을 남편이라고 이름 지은 거야
나는 지금부터 남편을 내편이라 부르기로 한다
이봐요 내편
이제부터 내편 되어 주실 거죠

범인을 잡다

점심시간 에어프라이에
가자미 구워 비릿 짭짤 맛나게 먹고
냄새 소탕하려 먹은 즉시 설거지하고
씽크대까지 구석구석 증거인멸하고
땀 제거에 선풍기 켠다
가자미 먹은 건 나
근처에도 가지 않은
선풍기에서 냄새가
손과 팔뚝에 코 들이댄다
나는 절대 범인 아니라고 발뺌한다
코가 갈 수 있는 곳은 모두 추적해봤지만
범인은 나타나지 않는다
용의선상에 오른 건 선풍기 뿐
다시 코 들이밀고 족쳐 봐도 분명 냄새가 난다
빼박 증거 찾아야 하는데
아침부터 거실 지킨 선풍기
알리바이 확실하다

냄새는 냄새로 덮어야지
커피 진하게 끓여 찻잔 들고 마시는데

흘러내린 머리카락 거슬려
머리끈 풀어 다시 올려 묶으려는데
비린내 훅 스친다
본능적으로 코 킁킁대며
범인 잡았다 기세등등해지고
가자미 넣고 뒤집고 꺼낼 때
머리카락 속으로 숨어 들어간 냄새
애먼 선풍기 의심하고 낙인찍고
그래도 꿋꿋이 제자리 지키는 선풍기
머리카락을 바람으로 감는다
자백할 변명을 찾아 또 두리번거린다

쿠션

여기저기 뒹굴다가
관심 없는 척 구석에서 혼자 놀고 있다
간혹 끌려와
쇼파와 허리 사이
몸 반듯반듯 잡아주고
떠난 님 다시 만난 듯
가슴에 꼭 끌어안고 사랑 타령
낮잠이라도 잘 때는 무릎 사이
어, 숨 한 방울 내 쉴 수도 없다
잠깐 쉴 때는 베개가 되어
편안하게 쉬시라
귓속말로 속삭여 준다
관심 없이 팽개쳐 둘 때
꼭꼭 숨어버릴까
가출이라도 해버릴까
마음이 유혹도 하지만
아냐, 나에게 자유를 주는 거야
아냐, 이건 무관심이지 하면서도
찾아주면 꼼짝없이
즐겁게 구속을 끌어안고

가족 수발 행복이 따로 있을까

어느새
엄마를 참 많이도 닮아있다

없는 것에 대한 그리움

― 장월희 詩의 특징 몇 개

배 준 석

(시인·『문학이후』 주간)

장월희와 장희빈

말은 외향성이다. 밖으로 튀어 나가는 특성과 즉각 반응하는 성질이 있어 때로 시원하고 통쾌하기도 하지만 자칫 실수하기 쉽고 조심하지 않으면 상대를 향해 무기가 되기도 한다.

글은 내향성이다. 안으로 가라앉는 성질이 있어 깊은 생각이 스며들며 다듬을 수 있는 여지가 있다. 거기에 읽는 사람의 감정을 자극하여 감동까지 줄 수 있다.

말과 글은 표현이라는 수단으로는 공통점이 있지만 그 성질은 상당 부분 차이가 있다.

차분하게 글 쓰는 것보다 밖으로 뛰어다니며 말로 떠드는 일을 좋아하거나, 반대로 앞에 나서는 것보다 목소리를 낮춰 이야기하는 성향의 사람도 있다. 이중 누가 좋다고 꼭 집어 말할 수 없지만 장월희 시인은 그중 후자에 속한다. 그렇다고 모든 것이 차분하고 조용하다는 것일까. 그렇지 않다는 데 삶과 詩 사이, 반전과 반어라는 말이 끼어들게 된다. 詩的 표현과 사연은 물론 의미도 그래서 재미있다.

> 거울을 볼 때마다 눈뜨는 연습에 열중이다
> 눈만 예뻐지면 장월희가
> 장희빈처럼 세상을 떵떵 호령할 수 있을까
>
> ─「이마로 눈뜨지 마」 일부

시인이기에 앞서 여성으로서의 이야기다. 장월희는 장희빈처럼 사랑을 독차지하기 위해 끝모르는 시기와 질투로 욕심을 앞세우지 않고 멋이나 유혹보다는 주어진 자신의 몫을 감당하며 스스로 소박한 자세를 견지하고 있다.

같은 장 씨지만 장희빈은 비운의 여인으로 강한 여운을 남기며 끝이 났지만 장월희는 소소한 행복으로 오래 남을 사연을 이번 시집에 담았다. 그 행보는 작지만 詩 속에서 나름 역할을 충실히 하고 있다.

장희빈의 희빈은 이름이 아니고 조선시대 정1품의 품계이지만 장월희의 월희는 조선시대나 현대에서도 고풍스러우면서 세련된 시인에게 안성맞춤의 이름이다.

하지만 장희빈과 장월희가 같은 점이 있다면 여인이라는 것이다. 예뻐지기 위한 여인의 꿈은 무죄다. 눈꺼풀 하나에 신경 예민해지는 분위기가 여인의 마음이다. 그러한 현실을 詩로 끌어당기는 순간, 장월희의 새롭고 재미있는 詩 세계를 만나게 된다는 데에 또한 숨겨진 묘미가 드러난다.

> 쌍수를 하고 어색함에 안절부절
> 2년 지나서야 거울 앞에서
> 2년 젊어진 듯 쌍수 들어 환호한다
>
> –「쌍수」 끝부분

하지 않을 것 같으면서도 할 일과 할 말을 다 하는 모습에 웃음이 나온다. 쌍꺼풀 수술 뒤 '쌍수 들어 환호한다'는 소감이 장월희의 속마음이다. 이렇듯 詩는 숨어있는 마음이라든지 성향을 일순 쏟아내기도 한다. 詩에는 보이지 않는 힘이 있다. 이를 詩힘이라고 정리해 본다.

예전 모습과 쌍수 후 분위기는 다르다. 처음에는 이상한가 싶기도 하고 다소 낯설기도 했는데 사람은 그대로인지라 이제 장월희의 쌍수는 크게 눈에 띄게 다가오지 않는다. 낯익어진 것이다.

> 화장품을 바를 때마다 없는 여우짓에
> 눈 맞춤하고 안녕 인사라도 건네면
> 내 얼굴도 양귀비처럼 되려나

남편은 현종이 되어 뛰어들어 오려나
–「착시」 끝부분

드디어 양귀비까지 끌어들인다. 이는 조용한 도전이요, 얌전한 맞짱이다. 그러니까 장월희의 내재된 감정은 보기와 다르게 역시 여인의 품새를 거느리고 있다. 이는 장월희 詩를 이해하는 데 크게 도움이 된다. 남 앞에 나서려면 마음 먼저 떨리고 숫기가 없어 두려움이 크지만, 그 바탕에는 나도 남들처럼 멋 부리고 예쁜 척 폼도 잡아보고 주도적으로 나를 내세우며 사람들 앞에 나서고도 싶은 것이다. 다만 타고난 성향 때문에 참거나 감추고 있는 것이다. 그래서 속에 웅크리고 있던 일들이 드디어 詩를 만나 은근슬쩍 숨어있던 마음까지 합세해 여기저기서 삐죽삐죽 제 목소리로 튀어나오는 것이다.

반전이다. 장월희는 의외로 할 말도, 할 일도 많은 것이다. 진취적이고 명랑한 성격인 것이다. 다만 겉으로 표현하는 자신감의 문제지만 이를 詩로 풀어내며 또 반전을 만들어 놓는다. 詩가 장월희의 숨겨진 면모를 확연하게, 떳떳하게 보여주고 있는 것이다.

호호호 깔깔깔

詩 속에서 장월희 성격은 놀라울 정도로 쾌활하고 통쾌하다. 배꼽 잡고 자지러지게 웃어도 아무 문제가

없다. 속마음과 겉모습이 다르다는 것이 반전이라서 장월희가 추구하는 詩 세상이 더 크게 부각되고 있다.

　　해도 달도 같은 하늘을 이고 지고
　　한 걸음씩 물러나 서로
　　팽팽한 신경줄 당기는 오후

　　신도시 산책로 싱싱한 길
　　삐뚤빼뚤 파릇파릇 아기 발걸음
　　통통 튀는 탱탱볼 같은 아기 엉덩이
　　아기 걸음마를 짝사랑해
　　빈 유모차 몰고 가는 아빠
　　아기 발에서 눈 못 떼고
　　조그만 발에 맞추느라
　　허위허위 뒷짐 지고
　　쫓아가는 엄마의 신발

　　송이야~ 개미야 개미
　　개미 있어 빨리 와봐
　　여기 큰개미도 있네
　　노다지를 만나면
　　이보다 더 기쁠까
　　여기도 있네

– 「행복 바이러스」 일부

　제목에서부터 행복 바이러스가 마구 퍼져나가는 느

낌이다. 바로 장월희 詩의 근간을 이루고 있는 특징부터 찾아본다.

'삐뚤빼뚤 파릇파릇' '통통 튀는 탱탱볼 같은 아기 엉덩이' 같은 의태, 의성어가 보여주는 분위기는 행복한 상황에 실감 나는 표현을 덧붙여 마치 눈앞에 어떤 장면이 보이는 듯 만들고 있다. 그 행복도 작은 개미에게서 찾고 있다는 데 주목하게 된다. 거기서 느끼는 행복이 '해도 달도 꼼짝 못하고/ 함박웃음만 짓고 있는 하늘'로 확대되는 모습은 과히 인상적이다. 큰 행복을 위해 요란 떠는 세상에 이러한 소소한 행복을 그려 놓을 수 있다는 것을 확인하게 되는 순간, 독자도 같이 행복 바이러스에 감염될 것이다.

> 쑥들이 쑥떡쑥떡
> 아침부터 쑥떡을 찝니다
> 옆 동네 개망초도
> 기지개 켜고 소곤소곤
>
> 앞집 아이 늦잠 자다
> 밥도 못 먹고 학교로 달려가고
> 뒷집 남편 입맛 없어
> 맨입으로 후줄근 출근하고
> 건넛집 아줌마 부지런히
> 쑥 뜯어 떡을 해서
> 아침마다 든든히 식구
> 뱃속 채워 보낸다고

자랑입니다

쑥들은 기 살아 쑥떡쑥떡
어깨가 으쓱으쓱 한 뼘 더 자랍니다
옆 동네 개망초도 소곤소곤
이웃 할머니 말이
망초나물 한번 먹어보면
시금치나물은 싱거워서
못 먹는다고 그랬대요
개망초도 덩달아 기가 살아
여기저기 두리두리 망을 보며
으쓱으쓱 쭈─욱 쭈─욱

–「쑥떡쑥떡」 전문

제목부터 성유를 차용하고 있다. 쑥떡이라서이다. '앞
집 아이' '뒷집 남편'에서 보듯 동네 사람들이 등장하는
데 분위기가 서민들이다 쑥은 흔한 잡초지만 사실은
약초이다. 이는 개망초도 마찬가지다. 여기서도 소갈비
나 스테이크나 하는 요란한 음식을 먹는 것이 아니다.
동물성보다 식물성에 관심을 두고 있다는 데 또 주목
하게 된다

'쑥떡쑥떡'에서 반복되는 쌍시옷과 쌍디귿이 보여주
는 울림도 조용하지만 그 속에 강한 울림이 숨어있는
장월희 모습과 만나고 있다. 이러한 반복과 성유와 된
소리는 이번 시집 여기저기에서 나름 제 역할을 다하
고 있다. 그것도 의욕 충만 현상으로 나타나고 있다.

웃음소리도 의외로 많이 나오고 있다. '호호호 깔깔
깔'(「가을 동창회」 중)이라든지 '조잘조잘 호호호 /
재잘재잘 깔깔깔'(「3학년 1반」 중)이라는 원색적인
웃음도 쾌활하게 들려주고 있으며 작은 참새도 자주
등장하고 있어 소시민의 행복을 엿볼 수 있다.

사라진 것에 대한 그리움

시인은 나만 생각하고 나만 잘살면 된다고 생각하는
것이 아니라 내 주변 상황에 관심을 가지고 민감한 반
응을 보여야 한다. 詩는 그런 곳에 자리 잡고 자라나기
때문이다. 시인의 직무 유기는 자기감정에 취해 자기만
좋은 글을 쓰는 것이다. 그때 장월희 시선은 예외 없이
詩의 본질을 찾아 예민하게 주변으로 옮겨간다.

　　　　사람들은 물건을
　　　　착 착 착
　　　　보기 좋게 찾기 좋게
　　　　누가 봐도
　　　　창피하지 않게
　　　　정리된 것을 좋아합니다

　　　　사람들은 수납장을 만든다는
　　　　소문만 듣고도 밤잠 설치고
　　　　떼지어 몰려 줄 서고

우수한 성적표를 만들고
은행문 두드리고
웃돈을 얹어 주고라도
정리해 주고 싶어합니다

사람들은 다 만들어졌다는
소문만 듣고도
제자리 찾아 들어가
착 착 착
자동으로 정리됩니다

엄마가 손대지 않아도
매일매일 자동으로
제자리 찾아 들어가는
자동정리수납장

- 「아파트를 좋아합니다」 전문

    아파트는 도시 문명의 상징이다. 과거 농경사회에서는 가난하게 살면서도 이웃과 정을 나누었다면 현대 아파트는 단단한 시멘트로 만들어 극히 개인적인, 외부와 단절된 공간을 선호한다. 그때 아파트를 보며 수납장을 떠올리고 있다. 자연보다는 인위적인 도시 문명에 익숙해진 시대에 아파트를 선호하는 사람들 이야기를 꺼내며 자동정리수납장으로 정리하고 있다. 그 수많은 과거 사연도 이미 자동정리수납장 속으로 깔끔하게 들어가 버린 것이다.

운동장에 모여라 선생님 호령도
왁자지껄 아이들 고함도
뛰놀던 운동장도 여자아이들 재재거림도
우물가에 내려앉은 두레박도
없다

친구와 엉덩방아 찧으며 타던 시소도
단숨에 뛰어올라 타고 내려오는 미끄럼도
하늘 나는 새가 되어 보고 싶었던 그네도
산 나무 친구를 거꾸로 보던 철봉도
없다

화장실 벽에 찍힌 귀신 손바닥도
바닥에 떨어진 귀신 코피도
겨울이면 들려오던 귀신 휘파람 소리도
아이들 놀란 동그란 눈도
없다

마을 앞 공터에 파놓은 구슬치기 구멍도
주머니 속 반짝이던 구슬도
치맛자락에 감싸 다니던 공깃돌도
동그랗게 감아 요요놀이
공놀이하던 검정 고무줄도
없다

유리창 너머 침 꼴깍 삼키던 눈깔사탕도
큰 풍선에 눈 먼저 맞추고 뽑던 뽑기도
침 발라 눌러쓰던 몽당연필도
연필 깎느라 여러 번 피를 본 칼도
없다

그래서, 아이들이 없다

 얻는 것만큼 잃는 것이 있다. 첨단 과학으로 치닫는
동안 우리 곁에서 사라지고 잃어버린 것이 더 많다. 자
연환경은 회복할 수 없는 지경에 이르렀다. 그렇게 크
게 확대해도 모자라는 판국에 장월희는 여기서도 작지
만 소중한 것을 제시한다. 선생님 호령, 아이들 고함,
두레박도 '없다'고 행을 바꿔 강조한다.
 그것뿐인가. 여기서 제시한 선생님 호령 하나만으로
도 심각할 정도로 많은 생각과 이야기를 찾아낼 수 있
다. 또 시소와 미끄럼, 그네, 철봉도 없다고 단언한다.
놀이터에 아이들이 사라진 풍경이다. 아이들은 이미 학
원으로 돌고 도는 현실이다. 귀신, 구슬치기, 검정 고무
줄, 눈깔사탕, 몽당연필… 모두 우리 곁에서 사라진 것
들이다.
 그럼 그 사라진 공간에 무엇이 들어와 자리 잡았는
가. 이는 이 시대를 사는 시인의 문제이고 화두이다.
'그래서' 불분명한 내일을 '아이들이 없다'고 장월희는
확실하게 단언한다.

여기서는 굳이 과거 이야기만 꺼내고 있는데 이미 그 안에 현대 이야기가 숨어있어 대조 관계를 만들고 있다. 장월희의 연약한 모습과 달리 숨겨진 강한 문학성을 찾을 수 있는 부분이다.

아파트 사잇길
돌담 위에
박카스 빈 병 서 있다
길 잃은 아이처럼

동그랗게 뜬 눈으로
지나가는 사람들 붙잡을 듯
저를 좀 데려가 주세요
친구들을 찾아 주세요
애원해 보지만
모두 그 손 눈길로 뿌리친다

바람결에 떨고
자동차 경적에 놀라고
지나가는 취객 주정에 가슴 졸이며
희미한 가로등 불빛에 의지한 채
밤 꼬박 새우고 있다

다음 날 아침
싸늘히 발견되었다
돌담 아래 어둠에 처박힌 채

박카스가 시의 주인공이다. 여기서 박카스는 박카스 그 자체가 가지고 있는 잠깐의 반짝임도 있지만 그 뒤에 남는 허탈감도 진하게 남을 수밖에 없다는 특징이 있다. '길 잃은 아이처럼'은 비유이면서 의인화하려는 의도이다. 삭막한 현대의 구석진 곳에 버려진 어떤 상황으로도 보인다. 누가 버려진 박카스 빈 병에 관심을 가질 것인가. 이 역시 답은 '없다'이다. 그 없는 것에 대한 그리움을 장월희는 마음속 깊이 간직하고 있다가 이렇게 슬쩍 꺼내놓고 있다.

이러한 경향은 우산이라든지 소주병, 주전자 등 구체적인 사물을 등장시켜 의인화시키며 의미를 만들고 있는 것들과 맥락을 같이 한다. 그만큼 장월희 나름의 일상에서 만나는 소재를 문학적으로 확대시키고 있는 모습이 이번 시집에서 단연, 압권이다.

공짜와 꽁짜의 차이

여성은 때에 따라 아내로, 엄마로, 할미니로 밖에서는 아줌마로, 사모님으로, 시인으로도 불리게 된다. 시인도 일상에서는 아줌마가 되어 최근 개점한 경기도 최대 쇼핑몰 스타필드로 공짜 장바구니를 받으러 달려간다.

전국에 시끌벅적 소문난 수원 스타필드로
꽁짜 장바구니 받으러 가는 날
9시에 출발해야지 했던 시간 벌써 지나고
휴대폰에 받아둔 장바구니 교환권 도망 못가게
챙기고
발바닥 땅에 닿기 무섭게 옮겨
날아갈 듯 걸어가는 한 사람 두 사람 여러 사람
건널목 신호에 걸려 마음만 달려가고
저기가 내 자린데 생각한 순간
발 빠른 사람 차고 넘친다
신호등 핏발선 빨간 눈 지그시 감고
순한 초록 눈 윙크 보낼 때
우루루 달려가는 사람들 등쌀에
꼿꼿한 신호대 놀라 움찔움찔

－「꽁짜」 첫 연

　'나는야 꽁짜 좋아하는 체면 없는 아줌마/ 아직 머리
카락 쌩쌩 살아있는 육학년 빵반'이라는 마지막 구절에
이르러서는 웃음이 터진다. 공짜를 일부러 꽁짜라고 쓴
것도 시인과 아줌마 차이를 대변하는 재미있는 표현이
다. 한편 아줌마로서의 장월희도 이렇게 평범한 사람인
것이다. 여기서 평범하다는 것은 바로 시인이라는 뜻이
다. 시인은 별도로 특별한 사람이 아니라 평범한 사람
이다. 다만 주변에 관심과 애정이 많다는 것이 다를 뿐
이다.

귀촌 십 년
번화한 도시 창문 너머로
지나가는 사람들과 맘껏
공유할 수 있는 곳에 작은 방 하나
마련하고 싶다
도시 친구들과 만나 수다 떨다
일찍 끊어지는 막차 놓칠까
시계 초침에 자꾸만 눈길 가고
조바심치는 마음 늦출 수 있게

푸른 숲 가까이하다 마음 맞지 않을 때
올망졸망 들판 작은 개울물 저들끼리 조잘거릴 때
외지인 대접하며 토박이가 반장도 안 시켜줄 때
사람 그림자도 보이지 않는 하루가 지나갈 때
뱀이 친구하자 울타리 펄쩍 넘어오고
두엄 냄새 진동하며 아침 인사할 때
땅속 두더지 상추 고추 들춰놓고 도망치고
잔디마당 잡초들 안방인 양 끝없이 진 칠 때
조용한 날 벌레 친구들 방으로 쳐들어와
자기구역이라고 텃세 부리며 나를 밀어낼 때

번쩍거리는 명품들 우쭐대는 백화점에서
예쁜 모자를 썼다 벗었다 모델도 되어 보고
굽 높은 예쁜 구두 신나서 신어보고
분홍색 빨간색 입술도 그려보고
사람 넘쳐나 자유롭지 않은 길도 같이 걷고

속도에 목멘 매연 뿜는 자동차들 줄을 서고
도시공원이 견공들 화장실이 되고
급한 외출에 깜빡이는 신호등이
나를 잡고 놓아주지 않을지라도
왁자지껄 화려하게 불빛 출렁이는 거기
나는 도시 별장을 꿈꾼다

- 「도시 별장」 전문

詩는 시인을 따라다닌다. 스타필드로, 방화수류정으로 시인 가는 곳이면 어디든 궂은일 마른일 가리지 않고 따라다닌다. 한때 장월희는 정년퇴직한 남편을 따라 가평에서 팬션 사업을 한 적이 있다. 노후 대책과 여유로운 귀촌 생활을 겸한 사업으로 보인다. 그 먼 거리에서 가끔 문학 수업을 받으러 안양까지 내려왔다. 대중교통을 이용해서 오기 때문에 아무래도 새벽에 떠나 밤늦게 귀가했을 것이다.

도시에서 생활하다 보면 귀촌을 꿈꾸기도 하지만 막상 귀촌해 보면 반대로 도시에 대한 향수도 생길 것이다. 적막한 시골에서의 생활이 가뜩이나 외로움을 타는 장월희에게는 견디기 어려웠을 것이다. 그래서 가끔이라도 몇 시간을 달려 문학 수업에 참석했을 것이다. 그때 도시에 별장 하나 있었으면 하는 역발상을 찾아낸 것이다.

귀촌한 곳에서의 생활과 도시 생활의 대조 관계는 현재 양극화로 치닫는 우리 사회의 농촌 문제에 대해 다시 생각해 보게 한다. 여기서 농촌 문제는 꼭 농업과

관련된 것만은 아니다.

반전에 반어

사람에 대한 평가는 쉽지 않다. 하루에 오만가지를 생각한다는 사람을 어떻게 몇 마디로 평가할 것인가. 그러나 詩는 다르다. 동원된 언어와 걸러진 생각의 특징을 잡아 크게 몇 가지로 이야기할 수 있다. 삶 속 모습과 詩 속 모습은 다르다. 다만 삶을 유추할 수 있는 근거는 찾을 수 있다. 그것도 가족 사이에서 벌어지는 일은 독자와 공감대를 넓히는 데 유리하다.

집사람들은 남편을 내편이라 생각한다
어제는 아니었지만 내일은 내편이라 믿는다
하지만 남편은 남의 편
내편이었던 적이 있었나 기억에 없다
지나간 언젠가는 내편이었을지도 모른다
너무나 당연하다고 생각하여
기억에 남겨두지 않았을지도
이웃과 투닥기려도 내편이 아닌 님의 편
시댁과 갈등엔 더더욱 남의 편
아이들과 다퉈도 내편은 아니고
친구에게 조금 서운하다 푸념하며
내편이 되어 달라 투덜거려도
그랬구나 한마디 없이

니가 이해해야지 뭐 그런 일로
속 좁게 삐지지 말고 잘 지내
남편은 언제나 남의 편
이름을 잘못 지은 탓이야
도대체 누가 남편을 남편이라고 이름 지은 거야
나는 지금부터 남편을 내편이라 부르기로 한다
이봐요 내편
이제부터 내편 되어 주실 거죠

– 「남편학개론」 전문

남의 편과 남편이라는 특이한 형태의 희언법을 차용하고 있다. 꼭 화자만의 이야기가 아니다. 보편적으로 우리나라 남편들의 성향을 찾아내 재미있게 표현하고 있다. 내편이라는 말이 일반화되지 않는 것으로 보아 내편은 희망사항이다. 그리고 아직도 이 땅에서 힘겹게 살아가고 있는 여성들에게 그 희망을 돌려주고 싶은 마음에서 나온 발상일 수도 있다.

아내 입장에서 남편 이야기는 재미있는데 딸 입장에서 부모 이야기는 마음을 숙연하게 한다.

나는 못이었다
아버지 등을 통과해
어머니 가슴에 박힌
배앓이가 핑계였고
밥맛 없음이 핑계였고
같이 놀 친구가 없다는 핑계로

어머니 아버지 등의 따스한 기운을
늦도록 충전 받아야 했던
늙은 가슴까지 옭아매어 둔
나는 여섯 번째 대못이었다

- 「못난」 전문

　작은 못을 통해 마음속에 쌓인 한과 같은 아픔을 표
현하고 있다. 나이 들어갈수록 회한만 남는 일이 인생
이라면 너무 서글픈 것인가.
　시인은 후회하는 사람이다. 잘못했다고, 다 내 잘못
이라고 시인하는 사람이 시인이다. 그중에서도 부모 앞
에 섰을 때 가슴 깊이 사무쳐 오는 말이 불효이다.
　시인은 자기반성이 빠른 사람이다. 시인의 역할은 자
랑이나 명예와 상관이 없다. 내 이야기를 통해 독자에
게 가슴 찡한 울림을 전달하면 되는 것이다. 막내딸로
태어나 늦게까지 부모 속을 아프게 했던 일을 못으로
비유하며 읽는 사람 가슴에까지 쾅쾅 대못을 박아대고
있다. 너나없이 불효자이기 때문이다.
　이처럼 詩의 길에 들어선 장월희 첫 시집은 감동적
요소로 충만하다. 이제 연륜을 얹어가며 더 깊은 생각
의 공덕을 쌓아가는 일만 남았다.

만석공원 호숫가 갈대들 푸르게 서 있다
갈대숲 너머에서 하나둘 올라와
꽃봉오리 터트리는 연꽃을 찾아
거북이처럼 목 빼고 느린 걸음 갈지자 그리는데

가을에 피어나는 갈대 벌써 올라와 하늘거린다
허걱! 지금은 7월 초하루 갈대가 벌써
머리끝에서 아래쪽으로 쭈욱 훑어 내리는데
대가 누렇다
푸른 햇갈대가 아닌 묵은 갈대
갈 때를 피해 초록의 청춘들 틈에 끼어
야—야—야 내 나이가 어때서, 를 신나서 부르고
바람도 그 바람에 신이 나서 같이 젊어지자며
갈대들의 춤바람에 합류한다
갈 때를 피한 갈대들이 새파란 어린 것들과
함께 어울려 나도 아직 청춘이라며
억지를 쓰고 있다 청춘이라며

내 마음 들킨 듯
외면하고 집으로 발길 돌리는데
입으로는, 야 야 야 내 나이가 어때서
사랑하기 딱 좋은 나인데
흥얼흥얼 노래하고 있다

- 「갈대」 전문

장월희의 반전은 詩를 재미있게 한다. 이제 다시 반전이다. 반전에 반전을 꾀하는 일이야말로 현대시의 특징이다. 늘 떨리는 목소리로 그나마 낮춰가며 살아가던 장월희의 반전은 '야 야 야' 소리치며 신나게 노래 부르는 데 있다. 보기와 다르게 할 말 많은 사연도 '야 야 야' 당당하게 소리치며 다양한 형태로 그 진가를 詩

속에서 유감없이 드러내고 있다.

반대로 생각하고 반대로 표현하는 것은 생각의 폭을 넓게 하고 기대감도 상승시킨다. 사실대로 이야기하면 詩는 그 자리에서 멈추게 된다. 장월희의 반전은 일차 삶 속 모습을 詩 속에서 찾을 수 있다는 데 있다. 다음은 삶으로 연결된 詩 속에서 보여주는 새롭고 신선한 느낌이다. 삶에서의 반어는 오해 소지가 많지만, 詩에서 반어는 탁월한 창작 세계를 열어가는 동력이 된다. 그래서 장월희가 보여주는 반전은 반어로 바뀌는 순간, 큰 기대를 갖게 한다.

하지만 詩는 늘 독자의 기대를 저버려야 한다. 기대에 맞게 부응하는 것은 꿈도 꾸지 말아야 한다. 이 말도 앞에 제시한 말에 대한 또 다른 반전이다.

첫 시집이 여기저기 탐구하고 특징을 찾는 일이라면 그 바탕 위에서 정착된 남은 과제도 장월희는 능히 해낼 수 있다고 본다. 더 특별한 시선으로, 그윽한 생각으로 과거 장희빈보다 분명 더 매력적인 현대 장월희만의 모습을 찾아가는 길에 뜨거운 박수를 밑거름처럼 흠뻑 뿌려 놓는다.

장월희 시집

도시 별장을 꿈꾸다

초판발행   2024년 11월 20일

지 은 이   장월희
펴 낸 이   배준석
펴 낸 곳   문학산책사

등   록   제3842006000002호
주   소   ㉾14021
　　　　　경기도 안양시 만안구 병목안로 81 성원Ⓐ 103-1205
전   화   (031)441-3337 / 010-5437-8303
홈페이지   http://cafe.daum.net/munsan1996
이 메 일   beajsuk@daum.net

값 10,000원

ISBN 979-11-93511-05-3 03810